KB155930

If the world were a village of 100 people

세계가 만일 100명의 마을이라면

If the world were a village of 100 people

세계가 만일 100명의 마을이라면

이웃편

이케다 가요코 엮음 | 한성례 옮김

∏∏ 국일미디어

세계가 만일
100명의 마을이라면 _ 이웃 편

개정판 1쇄 발행 · 2018년 6월 12일
개정판 2쇄 발행 · 2020년 6월 25일

지은이 · 이케다 가요코
옮긴이 · 한성례
펴낸이 · 이종문(李從聞)
펴낸곳 · 국일미디어

등록 · 제406-2005-000025호
주소 · 경기도 파주시 광인사길 121 파주출판문화정보산업단지(문발동)
영업부 · Tel 031)955-6050 | Fax 031)955-6051
편집부 · Tel 031)955-6070 | Fax 031)955-6071

평생전화번호 · 0502-237-9101~3

홈페이지 : www.ekugil.com
블로그 : blog.naver.com/kugilmedia
페이스북 : www.facebook.com/kugillife
E-mail : kugil@ekugil.com

• 값은 표지 뒷면에 표기되어 있습니다.
• 잘못된 책은 바꾸어 드립니다.

ISBN 978-89-7425-645-6(03830)

Introduction

추천의 말 | 이어령

엮은이의 말 | 이케다 가요코

옮긴이의 말 | 한성례

작지만 큰 책, 쉽지만 어려운 책, 짧지만 무궁무진한 감동의 책

이어령(전 문화부장관)

전에 나는 '작지만 큰 책, 쉽지만 어려운 책, 짧지만 무궁무진한 감동의 책'이라는 제목을 붙여 작은 책 한 권을 추천한 적이 있다. 바로 『세계가 만일 100명의 마을이라면』이다. 그 책의 2권이 나왔다. 방대하고 복잡한 지구의 인구, 환경, 경제 문제를 순식간에 내 문제, 네 문제, 그리고 우리 모두의 문제로 인식시켜준 탁월한 혜안이 돋보이는 책이다.

세계화, 환경 문제에 대한 거대한 담론을 순식간에 손에 잡히는 내 일상의 문제로 연결시켜주고, 그 문제의 심각성까지 큰소리로 경고해주는 도넬라 메도스 박사의 촌철살인이 차라리 전율스럽다.

이 책은 당신에게 '이렇게 하시오'라고 충고를 하거나 마을을 수호하라고 보안관 배지를 당신에게 달아주지 않는다. 그저 당신이 속한 그 '100명의 마을'에서 대체 무슨 일이 일어나고 있는지에 대해 있는 그대로 담담하게 보여줄 뿐이다.

하지만 행간을 들여다보자면 이야기가 달라진다. 처음에는 말없는 웅변이다. 다음에는 당신이 말없이 웅변해보기를 요구한다. 다음에는 말도, 웅변도 없이 가라앉으라 요구한다. 그러고는 당신은 모든 것을 알게 된다. 그 앎은 나에게도, 당신에게도 한 가지가 아니다. 저마다 삶의 자리가 다르기에 앎도 달라질 수밖에 없다. 그러면 당신의 삶의 자리가 바로 실천의 자리라는 것을 어찌 놓칠 수 있을까.

e메일으로, 책으로 많은 독자들이 이 책의 1권을 읽어왔고, 또 읽고 있다. 뜻밖에 나이 어린 청년들 사이에서 이 책이 많이 읽혔음을 나는 100명의 마을 카페(www.100people.co.kr)에서 확인할 수 있었다. 나는 이 책의 2권도 어린 학생들, 청년들이 많이 읽었으면 좋겠다.

100명의 우리 마을 구성원들 중에는 글을 쓰지도 읽지도 못하는 문맹들도 꽤 있다. 또한 아직 전기의 혜택이나 교육의 혜택을 받지 못하는 사람들이 훨씬 많으며, 자동차는 고사하고 하루 먹을거리도 해결하지 못하는 사람들이 그렇지 않은 사람들보다 훨씬 많다.

참된 세계화는, 지구를 100명의 인구로 이루어진 당신이 살고 있는 마을로, 따뜻한 시선으로 바라보고 사랑함으로써 이루어질 수 있다고 한다. 당신의 두 손은 따귀를 때리라고 있는 것이 아니라 눈물을 닦아주라고 있는 것이다. 당신의 두 발은 정강이를 걷어차라고 있는 것이 아니라 어린아이를 업고 단단히 지탱하라고 있는 것이다. 당신의 입은 침을 뱉으라고 있는 것이 아니라 사랑의 인사말을 건네기 위해 있는 것이다.

100명의 우리 마을에서 큰 기적이 일어난다. 나에게서 먼저 조그맣게 움트기 시작했다. (www.oyoung.net)

당신의 하루하루를
마음을 다해 살아가세요

이케다 가요코(작가)

『세계가 만일 100명의 마을이라면』을 낸 뒤 수많은 독자들에게 편지를 받았다. 많은 사람들이 "세계가 이런 모습이라니, 몰랐다"며 놀라워했고, "나 자신이 많은 혜택을 받으면서 살고 있음을 깨달았다"고 하며 스스로를 되돌아보는 사람도 있었다.

그들은 한결같이 "제가 할 수 있는 일은 무엇일까요?" 하고 묻는 것을 빠뜨리지 않았다. 나는 "우리가 할 일이란, 누구나 자기 자신과 이웃들을 귀중하게 여기는 것, 전쟁과 환경 문제를 깊이 생각해서 작지만 소중한 선택을 하는 것이 아닐까요"와 같은 의견을 담아서 "당신의 하루하루를 마음을 다해 살아가세요" 하고 답변을 보내기도 했다.

"Think global, act local."

이 구호는 미국의 건축가인 백민스터 프러가 즐겨 쓴 말이라고 한다. 번역하면 '전지구를 생각하고, 지역에서 활동하라' 쯤 될 것이다. 바로 『세계가 만일 100명의 마을이라면』의 주제가 오롯이 담긴 말이다.

내 이야기를 해보겠다. 인터넷 게시판 글인 '어느 학급통신'을 『세계가 만일 100명의 마을이라면』으로 다시 쓰려고 매일매일을 이 현대의 동화에 마음을 쓰고 있을 때, 나는 이런 말을 자주 듣곤 했다.

'사는 일이 만만찮다는 건 당신도 잘 안다. 잘 알지만 당신은 그런 세상에서 살 수밖에 없고, 알기 전이나 알게 된 뒤나 안 됐지만, 당신이 겪고 있는 어려움은 그대로다. 그렇지만 이제 당신은 자신이 둘도 없는 귀한 존재란 생각이 들지 않는가? 지금까지 만난 적도 없으며 앞으로도 만날 리 없는 누군가에 대해서도 당신 자신처럼 귀한 존재란 생각이 들지 않는가?'

'진정으로 나, 그리고 우리가 이 마을을 사랑해야 함을 알고 있다면 정말로 아직은 늦지 않았습니다' 라는 말로 시작하는 마지막 부분은 영역자인 더글러스 루미즈 씨가 붙인 말이다. 이 글로 해서 이 책의 주제는 '치유'의 차원에 그치는 것이 아니라, 뒤에서 등을 가만히 밀어주는 것임이 분명하게 드러났다.

현대의 동화는 누구도 예상 못했지만, 처음 이 글의 기초를 쓴 도넬라 메도스의 지구 환경에 대한 생각에서 싹이 터 수많은 사람들의 마음을 거치며 자라더니 마침내 더글러스 루미즈에게서 평화에 대한 생각으로 열매가 맺어졌다.

『세계가 만일 100명의 마을이라면』(일본어판) 후기에 나는 '세계가 바뀌기 시작한 날'이라고 썼다. 그것은 단지 희망일 뿐이라는 것을 알면서 그렇게 썼다. 비도덕적인 힘은 지금도 마을 사람들을 갈라놓고 상처를 입히고 있으니.

그런데 뜻밖에 2001년 9월 11일은 세계가 바뀌기 시작한 날로 점점 굳어져가고 있다. 그 이전에는 뭔가 이상하다고 느끼거나 어딘가에서 우리가 길을 잘못 들어섰을지도 모른다는 생각들이 가끔씩 떠올랐다 사라지곤 했는데, 그날부터는 그 무엇인지 모를, 그림자 같기만 했던 그것들이 형태를 바꾸었다.

그리고 그때까지는 '지식'을 전달해주는 구실만 하던 '정보'가 사람의 '마음'을 움직이기도 한다는 것을 많은 사람들이 깨닫게 되었다. 말하자면, 인터넷에서 가끔 어떤 한 사람이 전세계로 띄워보낸 정보를 받아 읽고는, 그동안 '뭔가 이상하다'고 느끼고 있던 우리의 마음이 통하며 하나가 되기도 하는 것이다. 그래서 세계는 이중의 의미에서 진정으로 정보의 '마을'이 되었다.

그러나 한편으로 마을은 더욱 비틀려가고 있다. 2002년 5월 국제연합은 어린이 총회에 앞서 세계 어린이들의 현상을 '2000년에 태어난 전세계 아이가 만약 100명이라면'이라는 형태로 발표했다. 다음은 그것을 바탕으로 다시 쓴 글이다.

2000년에 태어난 전세계 아이가 만약 100명이라면

53명은 아시아에서 태어났습니다.
그들 중 19명은 인도에서, 15명은 중국에서 태어났습니다.

19명은 사하라 사막보다 더 남쪽 아프리카에서
7명은 미국, 유럽, 일본 같은 부자 지역에서 태어났습니다.

40명은 태어난 사실이 신고되지도 않았습니다.

30명은 영양이 충분하지 못합니다.
19명은 깨끗한 물을 마실 수 없습니다.
40명은 몸을 씻을 물이며 화장실이 모자라고
쓰레기와 병을 옮기는 벌레들 때문에 괴로워하고 있습니다.

17명은 학교에 다니지 않습니다.
그 가운데 9명은 여자아이입니다.

전세계가 이른바 세계화로 치달으면서 그 비틀림의 최대 피해자가 바로 아이들이라는 것을 알 수 있을 것이다. 이 아이들을 구하는 일에 더 늦지 않기 위해 우리는 날카로운 질문을 받고 있다.

인세 수익으로 만든 '100명의 마을 기금'은 아프가니스탄과 팔레스타인을 비롯한 어려움을 겪고 있는 여러 지역의 사람들, 그리고 힘겹게 피난을 왔는데도 일본이 따뜻하게 대해주지 않는 난민들을 위해 쓰고 있다. 9·11 이후라는 시대와 만난 지금의 내가 동화와 연관되어 왔던 예전의 나를, 이 그림이 있는 책으로 해서 누군가의 앞날을 위해 쓰게 되었다.

이 작은 책을 출판하는 것이 나의 '전지구를 생각하고, 지역에서 활동하는' 방법이었는데, 그 활동의 반응은 상상도 못했을 만큼 대단했다. 이것은 세계를 움직이는 큰 힘 앞에 개인 따위란 아무런 힘도 없다는 믿음과는 반대로, 이 마을을 사랑할 줄 아는 우리가 결코 무력하지 않다는 조그만 증거가 될 것이다. 돌이켜보면 지금까지도 세계는 우리 한 사람 한 사람이 바꾸지 않으면 변화되지 않았다. 그것이 희망의 방식임을 우리는 새삼스럽게 알게 되었던 것이다.

영어로 된 이 인터넷 게시판 글(네트로어)은, 1990년 5월 31일자 미국의 몇몇 신문에 도넬라 메도스가 쓴 칼럼 '마을의 현황 보고'를 기초로 쓴 글이다. '마을의 현황 보고'는 메도스가 연재한 글 중 한 편으로, 연재되었던 모든 글들은 책으로 출판되었는데 '세계 시민'(The global citizen)이라는 이 글만 수록되지 않았다. 그것을 아쉽게 생각했던지 스탠퍼드 대학의 필립 하터가 이 글을 자료로 정리해 몇몇 친구들에게 e메일을 보냈다. 인터넷 게시판 글이 여행을 떠나는 출발점이었다.

따스한 행성,
사람이 사는 마을

한성례(시인 · 번역작가)

이 책을 읽고 나면 누구나 처음엔 '휴' 하는 안도감과 함께 자신이 얼마나 행복한지를 실감하게 된다. 먼저 글을 읽고 내용을 이해했다는 사실만으로 '100명의 마을'에서 글을 읽을 줄 모르는 14명에 들지 않았고, 또 대부분은 컴퓨터를 가진 2명에 들었을 것이기 때문이다. 번역을 하면서 나 또한 내내 행복감에 빠졌으니까.

"아!"

그러나 그 행복을 채 만끽하기도 전에 고개를 흔들었다. 그건 아니다. 우리가 차지하고 있는 많은 것들을 어딘가에 살고 있을 다른 지구인들은 갖지 못한다. 갖지 못했으니 버릴 것도 없다. 그래서 아마도 지구를 황폐하게 만들지 않고 사는 쪽은 그들일 것이다.

몇 해 전 아시아 시인대회가 열렸던 몽골의 초원에 서서 나는 많은 것들을 내려놓아야 한다고 절실하게 마음먹었던 적이 있다. 가능한 한 덜고, 버리고, 나눠주고서 마음이 풍선처럼 가벼워지리라고.

　지구라는 행성에 나란히 동거하면서도 그들과 나는 서로 가진 것이 달랐다. 몇 마리의 양과 말, 한나절이면 거뜬히 접어들고 길을 떠났다가 발이 멈추는 곳에 다시 세우는 서너 평 남짓한 '겔'. 고작 그 안에 넣을 수 있는 것이 전부인 몽골의 유목민에게는 짙푸른 하늘과 끝없는 초원, 머리 위로 열리는 밤하늘의 수박만한 별들, 이 모두가 그들 차지였던 것이다.

Contents

세계가 만일 100명의 마을이라면 2 | 차례

5   Introduction

6   추천의 말   이어령

9   엮은이의 말   이케다 가요코

14   옮긴이의 말   한성례

19   State of the Village Report

마을의 현황 보고   도넬라 메도스 글 · 이케다 가요코 구성

41   '1000명의 마을'과 '100명의 마을'   나카가와 다이스케 · 시오노 히로시

49   Groval Village where We Live

우리가 사는 세계 마을

50   풋마음을 새롭히다   이해인

70   남을 사랑하는데도 연습이 필요하다   한비야

89   고통을 치료하는 가장 좋은 약은 사랑이다   서홍관

100   춤을 추자!   더글러스 루미즈

121 'The Village of 100 people' Report
'세계가 만일 100명의 마을이라면' 뒷이야기   이시카와 다쿠지

122   숫자는 살아 움직인다!
134   1 세계 인구
142   2 성별
146   3 나이
151   4 사랑
156   5 , 6 인종과 지역
161   7 종교
165   8 언어
169   9 식량
178   10 재산
182   11 에너지
188   12 집과 물
194   13 저축과 자동차
198   14 교육과 컴퓨터
203   15 사상과 신앙의 자유
206   16 전쟁과 분쟁
211   17 삶과 죽음
216   기타 여성과 교육

부록   **'마을의 현황 보고' 영어 원문**   도넬라 메도스

마을의 현황 보고

State of the Village Report

도넬라 메도스
Donella H. Meadows

이케다 가요코 구성

자료 | 1990.5.31

세계가 만일 1000명의 마을이라면……

584명은 아시아 사람

123명은 아프리카 사람

95명은 동서 유럽 사람

84명은 중남미 사람

55명은 소비에트 사람

(리투아니아 사람, 라트비아 사람, 에스토니아 사람 등을 포함)

52명은 북미 사람

그리고 6명은 호주 사람과 뉴질랜드 사람

전세계를 감동의 물결로 휩쓴 인터넷 민화 〈세계가 만일 100명의 마을이라면〉(이하
'100명의 마을')의 초고가 되었던 〈세계가 만일 1000명의 마을이라면〉(이하 '1000명의
마을')이 쓰인 1990년은 냉전시대가 끝나갈 무렵이었다. 이 대립 구조가 무너지자마자
미국은 막강한 부와 군사력을 독점했고, 지구 곳곳에서 '자잘한 전쟁'이 벌어질 때마
다 끼어들었다. 세상은 더욱 비참해졌고, 인구는 엄청나게 늘어나기 시작했는데 그 중
아시아에서 가장 많이 늘어났다.

* 글 중에 합계 1000명이 되지 않은 부분이 있지만 영어 원문에 따랐다.

마을 사람들이
서로 마음을 터놓는다는 게 참 어렵습니다.

165명이 중국어로 말하고
86명은 영어를
83명은 힌디어와 우르두어를
64명은 스페인어를
58명은 러시아어를
37명은 아랍어로 말합니다.

이것은 겨우,
1000명의 마을 사람 중 500명 남짓 되는
사람들의 모국어만 살펴본 것입니다.

나머지 사람들이 쓰는 말을
숫자가 많은 차례대로 보면
벵골어, 포르투갈어, 인도네시아어, 일본어,
독일어, 프랑스어, 한국어……
이렇게 약 200가지가 넘는 말이 더 있습니다.

'1000명의 마을'에서는 이름을 밝히지 않은 나라말에 대해서도 숫자만은 '200'이라고
적어놓았다. '100명의 마을'에서는 '……등'으로 처리했다. 마을 규모가 1000명에서
100명으로 바뀐 것은 세계의 사정을 좀더 알기 쉽게 해주기는 했지만, 반면 소수 쪽을
잘라버리는 폐해를 낳았다. 그 사실이 이 내용에도 잘 나타나 있다.

이 마을에서는

300명이 기독교
(183명이 가톨릭
84명이 프로테스탄트
33명이 그리스정교)

175명이 이슬람교

128명이 힌두교

55명이 불교

그리고 47명이 토속신앙
(나무나 돌 같은 데에도 생물처럼 영혼이 있다고 믿는 종교)

을 믿고 있습니다.

나머지 210명은
그 밖의 다양한 종교를 갖고 있거나
무신론자입니다.

'1000명의 마을'은 기독교도의 구성을 또렷하게 밝혀놓았다. 이것은 마을 사람 중 기독교도가 가장 많다는 뜻 말고도, 이 글을 쓴 사람이 기독교권의 사람이라 그 종교의 영향을 받고 있다는 것을 드러낸다. 종교가 없는 사람을 무신론자라고 한 것도 기독교도다운 말이다.

1000명의 마을의 3분의 1(330명)은 아이들입니다.
그들 중, 반은 홍역이나 소아마비같이
충분히 예방할 수 있는 병에 걸려 있습니다.

마을 사람들 중 60명은 65세가 넘은 노인입니다.
결혼한 여성 중 피임약이나 피임기구를 쓰는 사람은
절반도 안 됩니다.

마을에서는 해마다 아이가 28명씩 태어나고
10명이 죽습니다.
그 중 3명은 굶어 죽고,
1명은 암으로 죽습니다.
2명은 첫돌이 되기 전에 죽습니다.
이 갓난아기 중 1명은
에이즈 바이러스에 감염되어 있지만
아마 아직 병이 들기 전이겠지요.

이 마을에서는 28명이 태어나고
10명이 죽어가는 것입니다.
내년에 이 마을 사람들의 수는 1018명이 될 것입니다.

'100명의 마을'에서는 '1000명의 마을'에서 꺼냈던 예방접종과 피임에 관한 말은 하나
도 올리지 않았다. 암과 에이즈에 대해서도 말하지 않았다. 이처럼 더욱 자세한 내용
들이 인터넷 게시판용 글로 매만져지면서 잘려나갔다. 그것은 이 글을 매만지고 퍼뜨
린 네티즌들의 관심사와 관련이 있다.

이 마을에서는
1000명 중 200명이
마을 소득의 4분의 3을 벌고 있습니다.
다른 200명의 수입은
마을의 소득 중에서 겨우 2%입니다.

70명밖에 자동차를 갖고 있지 않습니다.
(그 중 몇 명은 혼자서 2대 이상을 갖고 있습니다)

마을 사람 중 약 3분의 1이
깨끗하고 안전한 물을 마실 수 없습니다.

마을의 어른들 670명 중 절반이
글도 읽지 못합니다.

'1000명의 마을'에서 10년 정도 지난 '100명의 마을'에서는 부가 몇몇 사람들에게 더욱
더 쏠려 있는 꼴이 되었다. 깨끗하고 안전한 물을 마실 수 없는 사람은 '100명의 마을'
에서 2배나 줄었는데, 이것은 개선되어서가 아니라 견해차이라고 보는 쪽이 옳다.

이 마을의 땅을 모두 나누면
1명마다 6에이커의 땅이 돌아갑니다.

마을의 땅을 다 합친 6000에이커 중에서
700에이커는 논밭입니다.
1400에이커는 목초지,
1900에이커는 숲입니다.
나머지 2000에이커는
사막, 툰드라, 포장도로
그리고 쓸모없는 땅입니다.

숲은 점점 줄어들고 있습니다.
반대로 쓸모없는 땅이라든가
황무지는 계속 늘어나고 있습니다.

그 밖의 땅은
어렵사리 지금 상태를 유지하고 있습니다.

'100명의 마을'에서는 이 내용이 다 빠져 있다. 그것은 '1000명의 마을'에서 '100명의
마을'로 바뀔 때, 중점이 환경 문제에서 부의 쏠림 문제로 바뀌었기 때문이다. 그래서
지구의 숲이 사라지고 땅이 사막화되는 것은 네티즌들의 관심에서 밀어졌으리라.

* 1에이커는 약 1,224평이다.

이 마을에서는
화학비료의 83%가
40%의 논밭에 뿌려집니다.

이 토지는
가장 부자인 270명이
차지하고 있습니다.

너무 많은 화학비료는
호수나 우물을 더럽히고 있습니다.
17%의 화학비료가 뿌려지는
나머지 60%의 논밭에는
전체 곡물의 28%가 재배되고
730명이 이것을 먹습니다.

여기서 나오는 곡물의 평균 수확량은
부자들의 논밭에서 나오는 것의
3분의 1에 지나지 않습니다.

이 내용도 '100명의 마을'에서는 없다. 그 까닭 또한 화학비료에 대한 이야기가 숱한 이름없는 네티즌들의 흥미를 일으키지 못했기 때문일 것이다. 그러나 마을 사람들의 가난과 굶주림의 문제를 염두에 둔다면 부자들이 논밭을 독점하고 있는 것과, 화학비료와 농약의 과도한 사용은 피해갈 수 없는 문제이다.

세계가 만일

1000명의 마을이라면

군인은 5명

교사는 7명

의사는 1명 있습니다.

마을의 1년 예산은

300만 달러를 조금 넘는데

18만 1000달러는 무기라든가 전쟁에,

15만 9000달러는 교육에,

13만 2000달러는 의료비로 쓰입니다.

이 내용도 '100명의 마을'에서는 빠졌다. 그것은 여기에 실린 각종 직업인의 숫자가 겨우 한 자릿수여서 '100명의 마을'에서는 표현할 수가 없기 때문이다.

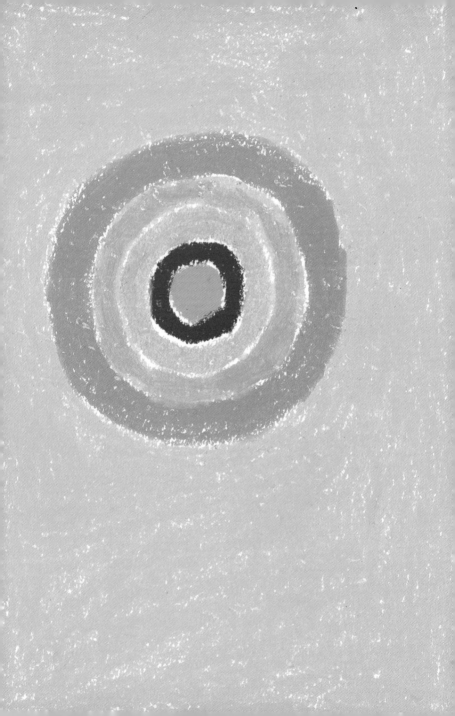

이 마을은

마을을 몇 번이나 산산조각낼 만큼의

핵무기를 갖고 있습니다.

이것을 겨우 100명이 관리하고 있습니다.

나머지 마을 사람들 900명은

그들이 잘 관리를 할 수 있을까

만약 부주의해서라든가 기술의 흠으로

핵무기를 발사해 버리기라도 하면 어쩌나

혹시라도 그들이

핵무기를 폐기하기로 했다고 하더라도

위험한 방사능이 들어 있는 핵폐기물을

마을의 어디에다 버릴지

매우 걱정하면서 지켜보고 있습니다.

도넬라 메도스는 핵무기를 환경 파괴의 최대 원인이 될 수 있다고 생각했다. 그러므로 '100명의 마을'에 이 내용이 들어 있지 않다는 것을 안다면 섭섭하게 생각했을 것이다. 그러나 이 내용이 없어졌기 때문에 오히려 '100명의 마을' 이야기는 더 널리 퍼졌는지도 모른다.

도넬라 메도스가 세우고 주도했던
'서스테이너빌리티 인스티튜트'의 사이트 주소

www.sustainer.org

'1000명의 마을'과 '100명의 마을'

〈홋카이도 신문〉 기자 | 나카가와 다이스케 · 시오노 히로시

그 사람이 살아 있다면, 현실을 몹시 가슴 아파하며 테러의 원인이 되었던 세계 구조를 파고들며 날카로운 질문을 던졌을 것이다. 죄 없는 사람들이 얼마나 죽임을 당해야 할 것인가, 살인에 허용 범위는 있는가 하며. '독일에는 한번 망치를 잡으면 다 못으로 보인다는 속담이 있다. 지금 미국이 그렇다.' 만약 살아 있다면 그 사람은 이렇게 호소했을 것이다.

— 뉴햄프셔 대학 정책사회과학연구소 데니스 메도스 박사
2001년 11월, 미국 뉴햄프셔 주에서

'그 사람'이란 데니스의 아내 도넬라 메도스이다. 2001년 2월 도넬라는 59세로 삶을 마감했다. 9·11 테러와 그의 조국 미국이 벌인 '대 테러 전쟁'을 보기 전에. 그리고 자신이 남긴 사상의 핵심이, '전쟁'으로 치닫고 있는 세계를 염려하는 사람들의 마음속에 등불을 켰다는 것을 알지 못한 채.

2001년 11월에 〈홋카이도 신문〉의 취재반인 우리는 미국으로 건너가 도넬라의 발자취를 찾았다. 도넬라가 남겨놓은 글

'마을의 현황 보고'에 자극을 받았기 때문이다. 세계를 '1000명의 마을'로 비유해 거기에 있는 모순을 알기 쉽고 분명하게 보여주었던 이 문장을 도넬라가 쓴 까닭을 그의 남편 데니스에게 물었다. 데니스는 "그 사람은 너무나도 차이가 있는 세계를 어떻게 하면 알기 쉽게 전달할 수 있는지를 깊이 생각해 이것을 탄생시켰다"고 말했다.

두 사람은 세계 환경 보호 운동의 원전이라 일컬어지는 명저 『성장의 한계』와 『한계를 넘어서』를 함께 썼다. 이 책 두 권이 여러 나라에서 번역되었는데, 데니스는 도넬라가 모두 부자 나라의 지식 계급들만 읽을 것이라며 염려했다고 한다.

도넬라는 좀더 많은 사람들에게 세계에 닥친 위기를 알리고 싶었던 것이다. 그런 바람이 '마을의 현황 보고'를 쓰게 한 힘이 되었다.

'될 수 있는 대로 많은 사람들이 읽을 수 있도록'이라는 소원은 이 글의 저작권에 대한 태도에도 잘 나와 있다. 저작권은 도넬라가 세운 조직 '서스테이너빌리티 인스티튜트'(SI)에 귀속되지만, 출판물에 실을 때 게재료를 달라고 하지 않는다.

저자인 도넬라의 이름과 서스테이너빌리티 인스티튜트의 사이트 주소만 써넣으면 된다. 그리고 출판으로 인해 들어온 이익 중 얼마를 서스테이너빌리티 인스티튜트에 기부하면 된다.

도넬라의 소원이 홋카이도 사람들에게도 닿기를 빌면서 우리는 2002년 1월 1일자 〈홋카이도 신문〉 조간에 '마을의 현황 보고' 전문(前文)을 실었다.

그리고 이 글의 일부분을 회마다 나눠서 소개했는데, 이것을 시작으로 민족 사이의 분쟁, 빈곤, 질병의 만연 같은 세계가 안고 있는 모순을 생각하는 연재물 '전쟁의 불, 평화의 등불'을 1월 3일자 조간부터 8회에 걸쳐 실었다.

9·11 사건을 계기로, 새로이 평화의 의미를 묻는 특집 기사를 담당한 우리 취재반이 '마을의 현황 보고'에 착안한 것은 이 글이 실로 세계가 안고 있는 모순과 위태로움을 뚜렷하게 보여주고 있었기 때문이다.

테러에 대한 답은 정말로 '전쟁'밖에는 없는 것인가. 테러의 뿌리 속에 숨어 있는 것은 무엇인가. 지구에서 끊임없는 '전쟁의 불'은 사람들에게 무엇을 남기는가. 우리는 '마을의 현황 보고'로 그것들을 꿰뚫어볼 수 있을 것이라 생각했다.

이미 알려진 대로, 도넬라의 '마을의 현황 보고'는 세계를 100명의 마을로 비유한 e메일의 초고가 되었다. 우리가 그 '보고'를 알게 된 것도 '100명의 마을'이라는 e메일 덕분이다. 미국이 아프가니스탄에 공중폭격을 시작한 지 이틀 뒤, 전송에 전송을 거듭해 우리 취재반의 한 사람에게 이 e메일이 들어왔다.

우리는 이 e메일이 말하고 있는 강력한 메시지에 흠뻑 빠졌다. 세계를 응축해 자신이 설 자리를 상대화해서 생각하는 것. 이 멋진 생각에 압도당했다.

이 e메일이 9·11 사건 이후 수없이 많은 사람들에게서 사람들에게로 전달되고 있는 것에도 강하게 이끌렸다. 그래서 처음에는 이 e메일을 연재의 한 축으로 하려고 생각했다. 그러나 알아보던 중에 그것이 위험하다는 것을 알게 되었다.

첫째, 수치의 정확성 때문이다. 도넬라는 '마을의 현황 보고'를 당시의 국제연합(UN)이라든가 세계은행(IBRD)의 통계 자료를 바탕으로 만들었는데, 그것을 10분의 1로 압축해 보니 '100명의 마을'의 수치와 똑같지가 않았다.

'마을의 현황 보고'는 1990년에 쓰였으므로 지금은 수치가 조금 달라졌을 수 있을 거라 예상했지만 차이가 너무 많이 났다. 게다가 동성애자, 이성애자의 비율을 보면 통계가 믿어지지 않는 수치도 있다. 주제를 강하게 설득하려는 의욕 때문이겠지만 이런 상태로는 아무리 좋은 생각이었다 해도 잘못 이해하게 만들 수가 있다.

둘째, 저 밑에 깔려 있는 가치관이다. 우리는 e메일이 더듬었던 길을 따라 눈 쌓인 홋카이도 니세코 마을, 보소 반도의 산속, 지치부 산중의 산간 마을, 겨울에도 푸른 야쿠 섬, 더 나아가서 캄보디아, 동티모르 등을 2001년 11월부터 12월에 걸쳐 찾아다녔다. e메일을 받았던 대부분의 사람들은 공감을 표시해 주었지만 비판하는 사람들도 있었다.

근래 10년 동안 캄보디아에 근거지를 두고, 전쟁 속에서 파괴된 지역의 유대관계를 되살리려고 애쓰고 있는 비정부조직(NGO)을 주재하고 있는 한 청년은 "이 e메일에는 부족한 부분이 있다"고 말했다.

또한 그는 "컴퓨터를 갖고 있지 않더라도 여유 있고 느긋한 생활을 보내는 행복이 있다. 숫자로 표현할 수 없는 행복이 이 e메일에서는 나타나지 않았다. 또 e메일의 뒤쪽에는 '만약 당신이 ……라면 혜택받고 있습니다'를 느끼게 하는 간접적인 표현이 많이 나온다. 그렇지만 사람이 '냉장고에 먹을 음식이 있고, 입을 옷이 있고, 머리 위에 지붕이 있어 잠잘 곳이 있다'고 해 정말로 혜택을 받고 있다고만 말할 수 있을까. 그런 환경에 있으면서도 깊은 고독감과 외로움에 갇혀 있는 사람들도 있다. 그런 반면에 '가난한' 생활 속에서도 자본주의 사회의 경쟁과 상관없이 식구들이 서로 돕고 사랑을 나누며 살아가는 사람들의 행복은 고려하지 않았다"고 말했다.

e메일이 선진국 사람들이 쓴 것임을 지적하면서 "자신이 혜택받고 있음을 알고서 안심하기 위한 글이 아닌가" 하고 비판

하는 사람도 있었다. 어느 여성은 이렇게 말했다. "물질로 혜택을 받고 있다는 걸 알았다면, 나머지 99명을 위해서 자기가 무엇을 할 수 있는지 생각했으면 좋겠네요. 얼마만큼의 사람들이 이 e메일에서 그런 뜻을 읽어내고 있을까요?"

도넬라가 남겨놓은 글 '마을의 현황 보고'에는 '혜택을 받고 있습니다'라는 직접적인 표현이 없다. '돈에 집착하지 말고……' 같은 강요하는 듯한 설교조의 표현도 없다.

도넬라의 글은 분명 어떤 나라, 어떤 자리에 놓인 사람에게든 널리 읽힐 것이며, 세계의 여러 현황을 이해하는 데 도움을 줄 것이다. 담담하게 숫자를 늘어놓아 무미건조하게 보일 수도 있는 이 문장이 점점 빛나기 시작하더니 우리를 푹 빠지게 만들었다.

그래서 우리는 '100명의 마을'이라는 e메일이 아니라 '마을의 현황 보고'를 연재의 축으로 삼기로 했다. e메일을 받은 많은 사람들이 공감을 느낀 부분은 세계를 응축해서 보는 발상이다.

그런 시각에서 바라보면 자신이 서야 할 지평이 어딘가와 연결되어 있음이 보인다. 연결되어 있을 뿐만 아니라 밀접하게 서로 영향을 주고 있는 것도 보인다. 무엇을 먹고, 어떤 에너지를 쓰고 있는가. 그런 것들 하나하나가 어딘가 여기가 아닌 곳에서 살아가는 사람들의 생활과도 서로 관련되어 있다는 것을

이 뛰어난 문장은 가르쳐준다.

이 발상은 '마을의 현황 보고'에서 도넬라가 탄생시킨 것이다. 지금까지도 쓴 사람을 밝히지 않은 이 e메일의 필자가 만약, 도넬라의 문장을 바탕으로 '100명의 마을'을 썼다고 한다면, 아무리 강한 메시지를 갖고 있다 하더라도 그것은 도넬라가 남긴 사상을 표절했다고 보아야 하는 게 아닐까? 우리는 그렇게 생각했다. 그리고 '전세계를 돌아다니는 e메일' 이야기는 연재의 서론으로 실었던 1월 1일자 기사로만 소개하기로 했다.

이 e메일은 이케다 가요코가 다시 말하는 형식으로, 『세계가 만일 100명의 마을이라면』으로 형태를 바꾸어 인터넷 세계를 튀어나와 더 많은 사람들의 눈에 띄게 되었다. 몇 가지 비판이 있었다고는 해도, 세계를 응축해 생각한 '마을의 현황 보고'의 발상을 담아놓은 이 글이 9·11 사건 이후 많은 사람들의 마음을 움직였다는 사실은 주목할 만하다.

앞의 책에서는 '마을의 현황 보고'의 부분 번역과 도넬라의 약력을 쓰는 정도로 간단하게 묶었지만, 이 책에서는 전체 번역과 '서스테이너빌리티 인스티튜트'의 사이트 주소가 실리게 되어 다행이다.

'세계는 결코 똑같지 않다'는 당연한 현실을 '마을의 현황 보고'로 정리해 알려주었던 도넬라 메도스는 지금 미국 버몬트

주 하트랜드의 언덕 위에 잠들어 있다. 그의 유언대로 묘는 만들지 않았고 유골만 묻혀 있다.

　다른 세계로 마음의 눈을 돌려 그곳에 사는 사람들에게 마음을 기울여주는 일. 바람 부는 언덕에서 이 세상에 그가 남겨놓은 일을 생각했다.

〈홋카이도 신문〉 연재 '전쟁의 불, 평화의 등불' 의 사이트 주소
www5.hokkaido-np.co.jp/syakai/peace

우리가 사는 세계 마을
Groval Village where We Live

이해인 · 한비야 · 서홍관 · 더글러스 루미즈

풋마음을 새롭히다

이해인(수녀 · 시인) | http://haein.isamtoh.com
안동권(국일미디어 기획팀장 · 작가)

안동권 안녕하세요, 수녀님. 바쁘실 텐데 시간을 내주셔서 고맙습니다.『세계가 만일 100명의 마을이라면』이 책으로 나온 뒤, e메일로 떠돌던 짧막한 글이 어떻게 책이 될 수 있었을까라는 궁금증과 단순한 통계 숫자가 사람들에게 감동을 줄 수 있다는 사실이 큰 화제가 되었습니다. 수녀님은 이 책이 주는 궁극적인 메시지가 무엇이라고 생각하시나요?

이해인 처음 이 책을 보고, 만약 100명이 산다면 서로 돕지 않고 이기심을 버리지 않으면 굉장한 불협화음을 일으키는 공동체가 되겠다는 생각이 들었어요.

이 책이 주는 메시지란, 봉사라는 거창한 단어를 쓰지 않아도 자기보다 조금 더 남을 배려하는 마음으로 사랑을 베풀고, 오늘이라는 시간을 선물로 받아들이면서, 사소한 것에서 행복을 찾으며 사는 그런 것이 아닌가 싶네요.

안동권 네. 제가 최근 인터넷 서점에 올라온 서평들을 읽어보니 한결같이 자기는 원래 불행하다 생각하고 살았는데, 이 책을 읽고 나서 자기가 너무 행복하다는 걸 느꼈다는 글이 많았습니다. 그래서 '행복이라는 것이 정말 상대적인가?' 라는 생각이 들었습니다.

이해인 사람이 생각보다 둔해요. 그러지 말아야 하는데……. 사람들은 다른 사람들한테 일어나는 충격적인 사건을 보고 '나는 이것만 갖고도 감사해야지' 하는데, 제 생각에는 다른 사람의 불행을 보고 행복해 하기 전에 미리 행복해 하고, 새롭게 감사해 하며 자기 행복을 확인해야 할 것 같아요.

제가 생각하는 행복은 물질적인 것보다 정신적으로 누구를 미워하지 않는 그런 평화로운 마음이에요. 사랑이 있는 마음…….

그것을 잊고 있던 사람들이 이 책을 보고 행복이 평범한 곳에 있다는 것을 다시 확인하는 거죠. 세상에 너무 볼 것도 많고 들을 것도 많으니까 단순함이 모자랐던 거죠. 또 미리 자기 행복을 예민하게 알아듣는 노력도 부족하고요.

벌써 63억 명에서 100명의 마을로 줄어드니까 굉장히 정신차려야겠다는 메시지를 주잖아요?

'아! 정말 그런 걸 생각해보면 내가 할 일이 무엇이구나' 라든가, '욕심이 많았다든가, 마음을 비워야 하겠다든가' 이런 생각을 하게 되는 거죠.

행복은 평범한 일상을 통해서 스스로 안도하고, 감탄하고, 놀라워하는 그런 것들이라는 생각이 들거든요. 그것조차도 잃어버리고 살기 때문에 이런 충격요법도 필요한 것 같아요.

안동권 이 책을 보면 '20명은 영양실조, 15명은 비만'이라는 통계가 있습니다. 이것은 단순히 부의 편중을 넘어 사람과 사람 사이를 가로막고 있는 커다란 벽이라는 생각이 듭니다.

옛날에는 통신이 발달하지 못해, 한쪽에서는 굶어 죽고 다른 쪽에서는 남는 음식을 버릴 수 있었다고 하지만, 지금은 뻔히 굶어 죽는 사람들이 많다는 걸 알면서도 한쪽은 굶주려 고통당하고, 한쪽은 음식쓰레기로 또 새로운 골치를 앓고 있거든요. 그러고 보면, 가난하다는 것과 부유하다는 것 사이에 어떤 본능적이고 근본적인 벽이 있는 것은 아닐까요?

이해인 그건 스스로의 둔감함과 무관심의 문제라는 생각이 들어요. 자기식대로 합리화를 하는 것이죠. 가난한 사람이 저렇게 가난할 때는 게으르거나 뭔가 다른 이유가 있다고 생각하면서 귀를 막는 겁니다. 다른 사람의 불편함과 가난함에 대해서 예민하지 않는다는 거죠.

다른 사람의 가난과 고통에 민감하다 보면, 사실 스스로는 불편하게 되고 말아요. 몸과 마음 모두가 말이지요. 그렇지만 우리 사회가 행복해지기 위해서는 그렇게 해야 하지요. 그런데도 현실은 그렇지 못하잖아요. 남이야 어떻게 고생하든 말든 나는 잘 먹고 잘 살고 있으니까 상관없다는 식이죠.

그래서 점점 가난한 사람과 부자의 격차가 심해지고, 노숙자들이 늘어나도 그게 곧 자신의 아픔으로 오지 않잖아요. 예컨대 수재민들의 문제도 그래요. 수재민들이 고통받아도 나한테 일어난 건 아니니까 강 건너 불 보듯 하게 되죠. 그런 안일함과 편리함으로 뭉쳐진 자기중심적인 생각, 이기심이 가장 큰 벽이라는 생각이 듭니다.

그래서 우리 모두가 성자, 이 시대가 필요로 하는 그런 성자를 갈망하는 게 아닐까요?

간디 같은 분도 그렇고, 마더 데레사 같은 분도 그렇고 인류를 위해 빛이 되신 분들은 남의 아픔에 대해 굉장히 예리하게 느낀 거잖아요.

꼭 종교인이 아니더라도 인류애, 인류를 향한 불타는 사랑을 다시 회복해야만 그 벽이 허물어진다고 생각해요. 또 잘 사는 사람들은 공동체적 정신을 발휘해 가난에 대해 도전하는 행동을 함으로써 조금 극복될 수 있지 않을까 싶어요.

안동권 혹시 수녀님은, 세계가 정말 100명의 마을이라면 자신이 어떤 모습일지 상상해 보신 적이 있나요?

이해인 생각해본 적이 있죠, 그런 모습을. 100명의 마을에 사는 내 모습을 상상해보면 하늘이나 별이나 꽃, 그런 낭만적인 현상들과 아름다움을 노래하는 서정적인 시인이 되기에는 할 일이 너무 많을 것 같아요.

제가 한 사람의 수도자로서 글을 쓰면서 나름대로의 역할과 소임을 하고 살잖아요. 그래서 100명만 산다면 저는 그냥 수도자든 시인이든 다른 사람의 아픔이나 슬픔, 어떤 기쁨, 공동체적인 어떤 현상들을 많이 노래해주는, 대신 노래해주는 그런 모습을 생각해봤어요.

좋은 일이라면 좋은 것을 써서 읊어주고, 대신 말해주어야 할 아픔이나 상처가 있다면 그것을 읊어주는 것에서 삶의 보람과 기쁨을 찾는 그런 역할, 아주 작은 몫이지만 지금도 제가 하고 있는, 하나의 심부름을 하는 역할이라는 생각이 들기 때문에 제가 가지고 있는 재능으로 사랑의 소임을 하는 그런 역할이면 좋겠다, 적극적으로 사는, 많이 움직이는 그런 삶을 상상해봤어요.

100명밖에 안 된다니까 한 명 정도 수녀가 있는 것도 괜찮겠죠.

안동권 저는 이 통계를 보면서 궁금한 게, 100명으로 통계를 내놓고 보면 시를 쓰는 사람이 한 명도 안 된다는 것입니다. 만약 한 명이라도 됐으면 통계에 들어갔을 텐데요.

이해인 그러니까 일을 하면서 살아야지 시인으로만 살면 왕따 당하기 십상일 것 같아요. 레오 리오니라는 유명한 동화작가가 쓴 『잠잠이』라는 예쁜 동화가 있어요.

들쥐 가족들의 이야기인데, 이 동화를 보면 잠잠이네 들쥐 가족은 부지런히 겨울 준비를 합니다. 그런데 잠잠이만 일을 하지 않고 가만히 앉아서 노래만 하니까 전부 왕따를 시켰어요. 그러던 어느 날 정전이 돼서 모두 일손을 놓게 되었거든요. 그리고 먹이가 모두 떨어지자 행복감도 사라지고 모두 심심해했어요. 이때 주인공 잠잠이가 꽃의 향기를 비롯해 자기 상상 속에 있었던 시인으로서의 모든 것을 읊어주자 들쥐 가족은 굉장히 힘을 얻고 기뻐했어요.

바로 시인의 공동체에서의 역할을 말해주는 거예요. '평소에 잠잠이가 노래했던 바람, 꽃이 의미 없던 것이 아니구나. 그런 사람 하나 정도는 필요하구나' 라는 생각이 들어요. 또 100명의 마을에 살면서 늘 일만 많이 하는 것도 안 되잖아요. 시인도 꼭 한 명은 있었으면 좋겠다는 생각이 드네요.

안동권 수녀님 말씀을 들어보니까 정말 그렇군요.

이해인 그렇죠? 그래도 왕따당하지 않게 예쁘게 행동을 해야

겠지요. 너도나도 일하고 바쁠 테니까요.

예를 들어 남들이 다 풀 뽑기를 하고 있는데 앉아서 바라만 보고 예쁘다고 하면 안 되죠. 일은 하면서 마음으로 예쁘다고 해야지 미움을 안 받거든요. 100명의 마을에 살려면 굉장히 지혜로워야 돼요. 사랑만 갖고도 안 되고, 착한 것만 갖고도 안 되고, 슬기로움과 지혜가 있어야 될 것 같아요. 그래야만 수녀로서, 시인으로서 환영을 받고 살죠. 사랑받는 것도 기술인 것 같다는 생각을 해요.

안동권 알겠습니다. 그러면 다른 질문을 하나 드리죠. 이 책을 읽고 많은 사람들이 세계의 인구를 100명으로 축소해놓고 보니까 남의 문제라고 생각한 것이 사실은 남의 문제가 아니고, 자신과 전혀 관계없다고 생각했던 여러 가지 문제들이 너무 현실적으로 다가와서 충격을 받고 생각의 변화를 겪게 되었다고 합니다.

사실 책을 읽다보면 평소에는 전혀 느끼지 못했던 세상의 여러 문제들이 보입니다. 그런데 거꾸로 사람들은 그런 문제에 자신이 속하지 않기 때문에 행복하다고 느끼는 경향도 있습니다. 이처럼 100명의 마을 바탕에는 우리가 알든 모르든 해결해야 하는 여러 문제들이 있는 것이 틀림없는 것 같습니다.

이에 대해 수녀님은 어떻게 생각하시는지요?

이해인 제 마음에 와닿는 구절 가운데 이 책의 메시지를 잘 전해주는 구절이 있어요.

'별의별 사람들이 다 모여 사는 이 마을에서는 당신과 다른 사람들을 이해하는 일, 상대를 있는 그대로 받아들여 주는 일 그리고 무엇보다 이런 일들을 안다는 것이 가장 소중합니다.'

평소에도 많이 들었던 평범한 말이지만, 이런 것들이 안 되기 때문에 문제가 생기는 것이 아닌가 싶네요.

우리가 사는 현대 사회의 가족 공동체, 학교 공동체, 직장 공동체는 늘 서로 바쁘기 때문에 잘 들어주지 않는데서 여러 가지 문제가 발생한다는 생각이 들어요. 나, 내 가족, 내 학교만을 생각하는 이런 속좁은 이기주의에서 갈등이 생기는 것이지요.

저에게 날아오는 수많은 메일을 통해서 보면, 제가 종교인이라서 느끼는 것인지 몰라도, 사람들이 사는 것에 대해서 많이 불안해합니다. 그 이유 가운데 하나가 도덕적인 불감증 때문이 아닐까 하는 생각이 들었어요.

예를 들어 쾌락이라는 것에 빠져도 결과가 행복해져야 하는데 그렇지 않다고 호소하거든요. 이런 것들을 보면 이 시대가 목말라하는 것은 '순결하지 못한 세계로 빠져들면서 오히려 순결한 것을 그리워하는구나' 하고 묵상해볼 때가 있습니다.

조금이라도 남을 배려하는 이타주의, 선과 진리와 사랑을 향해 깨어 있으려는 노력, 양심의 소리에 따라 실천하려는 노력이 있어야 하는데, 머리로는 알지만 행동이 따라주지 않고, 나 하나쯤이야 하고 외면하는 데서 혼선이 오는 것 같아요.

저는 이 시대를 보면서 시급히 해결해야 할 것이 배타주의, 이기주의, 도덕불감증 이런 것이 아닐까 하는 생각을 해봅니다. 여기에서 가지를 치고 나온 온갖 나쁜 것들이 오늘날 우리 사회의 여러 문제점들의 뿌리를 이루고 있는 것이 아닐까요? 그래서 우리가 가장 급하게 바로잡아야 할 것이 다른 사람에 대한 관심과 배려, 이런 것일 것 같아요. 100명이 살면서 서로 나 몰라라 하면 끝장이잖아요.

안동권 지금 우리 사회는 자기중심적으로 살아도 크게 잘못된 것으로 드러나지 않는다는 데 문제가 있는 것 같습니다. 그런데 100명의 마을로 축소해놓고 보니까 자기중심적인 삶이 얼마나 잘못된 것인가 하는 것이 너무나 눈에 잘 들어오는 것 같습니다.

이해인 그래요. 100명의 마을에서는 누군가 영양실조에 걸리고, 굶고, 건강이 안 좋거나하면 금방 눈에 띄잖아요. 아무리 둔감한 사람이라도 자기 눈앞에서 누군가 굶어 죽어가고 있다면 혼자 배부르게 먹을 수 있나요?

그런데 사실, 단지 눈에 안 보일 뿐 내가 배불리 먹는 그 순간 누군가 굶주리고 있는 것이 사실이거든요. 그래서 가진 것을 나누고, 남을 위해서 베푸는 이런 것들은 어쩌면 의무적인 것 같아요.

사랑을 베푸는 것은 해도 되고 안 해도 되는 그런 것이 아니라 마땅히 그러해야 한다, 뭐 이런 것 말이지요. 모두가 행복하게 살아남기 위해서라도······.

그런 면에서 이 책이 주는 메시지는 현재 우리가 이렇게 살아서는 안 되겠다는 것을 깨우쳐주네요.

저는 처음 책을 읽었을 때 『세계가 만일 100명의 마을이라면』 이라는 제목이 참 재미있어서 관심을 갖고 보게 되었어요. 책 내용을 보면 이런 게 있어요.

'오늘 아침, 눈을 떴을 때 당신은 오늘 하루가 설레었나요? 오늘 밤, 눈을 감으며 당신은 괜찮은 하루였다고 느낄 것 같나요? 지금 당신이 있는 곳이 그 어디보다도 소중하다고 생각되나요? 선뜻, "네, 물론이죠"라고 대답하지 못하는 당신에게 이 메일을 선사합니다. 이 글을 읽고 나면 주변이 조금 달라져 보

일지도 모릅니다.'

이 글이 너무 마음에 와닿았어요. 이 글을 우리가 날마다 되풀이해서 하루의 반성과 성찰의 자료로 삼는다면 그것이 바로 자기 행복을 확인할 것 같은 그런 생각이 들어요.

저는 이런 마음으로 살고 있어요.

'눈을 감으며 당신은 괜찮은 하루였다고 느낄 것 같나요?'

'네.'

'지금 당신이 있는 곳이 그 어디보다도 소중하다고 생각되나요?'

'네, 물론이죠.'

요즘 같아서는 이렇게 할 수 있을 것 같아요.

안동권 그러네요. 수녀님 말씀을 듣고 보니 정말 좋은 묵상거리같습니다.

좀 무거운 주제가 될지 모르지만 오늘 아침 신문을 보니 미국 국민의 50% 이상이 이라크와의 전쟁을 찬성한다는 기사를 보았습니다. 수녀님은 이 문제에 대해서는 어떻게 생각하십니까?

이해인 저에게도 부시 대통령이 지도하는 모임 같은 데서 메일이 와요. 미국에도 그리스도교인들이 많이 살고 있고, 이라크도 알라, 곧 하느님을 믿는 나라잖아요. 그런데 자꾸 세계를 미국 중심으로 생각하는 것 같아요.

저도 예수님을 믿고 평생을 사는 사람이지만, 객관적으로 봤을 때 그리스도인들이 역사 안에서 선교 내지는 자기네 믿음만 옳다는 이유를 내세워 많은 잘못을 거듭해온 것 같아요. 과거 이슬람교와의 십자군 전쟁처럼 예전의 잘못을 되풀이하고 있는 것 같기도 하고요. 과격한 극단주의, 배타주의, 우리만 옳다고 하는 게 일종의 광신이라는 생각이 드는데 정말 하느님이 그런 걸 원하실까. 아무리 어떤 평화를 이유로 내건다 하더라도 전쟁을 합리화시키는 부시 대통령과 미국 국민들의 행동은 비극이라는 생각이 들어요.

수많은 사람의 목숨을 죽음으로 몰고 가는 비극을 뻔히 보면서도, 미국이 워낙 힘센 나라다보니까 그냥 바라만 봐야 하는 것이 안타깝네요.

안동권　요즘 우리 국민들이 공통적으로 가지는 그런 비슷한 기분을 수녀님도 가지시는 것 같네요.

이해인　우리가 만나는 사람들 가운데는 다른 종교인들도 많이 있고, 정말 그런 분들을 사랑하는 마음으로 대하는 것이 우리의 끝없는 과제라는 생각이 듭니다.

하느님은 아메리카만 축복하는 것이 아니라 이라크도, 아프리카도 축복하실 것이란 생각이 들거든요. 저같이 생각하는 사람이 많을 거예요.

그런데 미국 국민들이, 자기들이 물론 9·11테러를 당하고 수많은 사람이 죽는 피해를 당했지만 50% 이상이 전쟁을 지지했다는 것은 정말 더 큰 비극같아요.

안동권 전쟁과 테러가 되풀이되는 것이죠.

이해인 네, 악순환의 연속같아요. 지금의 모습은 용서라는 것과는 거리가 먼 거잖아요. 이해와 화합 이런 것과는……. 우리는 살다보면 이렇게 심각한 일들인데도 너무 쉽게 잊어버리잖아요. 그래도 희망은 갖지만 정말 안타깝네요.

안동권 종교인이나 시인의 역할이란 것이, 사람들에게 다른 사람 중심적으로 살아갔을 때 기쁨이 있고 행복할 수 있다는 것을 가르쳐주는 것이라 생각되는데, 요즘은 그런 기회가 너무 없는 것 같아요.

이해인 옳아요. 예컨대 요즘 사람들은 더 쉽게 자살의 유혹을 받고 있어요. 그런데도 종교인들이 근엄하고 딱딱하게 굳어 있고, 교육자 같은 입장이 많아요.

자신의 처지를 하소연하는 사람들의 말을 들어주면서, 야단치는 것보다 '아! 그럴 수밖에 없었구나, 그 상황에선' 하고 다음에는 그러지 말라고 조심스럽게 타일러야 하는데 그렇지 못해요. 또 가장 가까운 부모 형제들이 제일 많이 이해해야 하는데 실제는 그렇지 못하죠. 쉽게 실망하고 아무렇지도 않게 상처 주는 말을 하고 있답니다.

벌하는 것이 우선이 아니라 친구처럼, 엄마처럼, 이모처럼 문제를 들어주고, 함께 눈물 흘리면서 같이 아파해주는 그런 것이 필요한데도 말이에요. 그래서 얼마 안 되는 사람들이지만 수도자나 종교인의 역할이 무척 크다는 생각이 들어요.

저부터도 편하게 살고 싶다, 편지 같은 거 쓰지 말고 골방에서 기도만 하고 싶다는 욕심을 가질 때도 많지만, 또 한편 생각해 보면 장애인들이나 아픈 사람들이 저한테 하소연했을 때 그래도 간단하게 메일로라도 위로의 답신을 해주면 힘을 얻잖아요. 스스로 깨닫게 도와주는 역할을 우리가 하는 것 같아요.

사실 사람들은 필요한 것은 자기가 다 갖고 있지만, 자기 마음을 자기가 어떻게 할 수 없는 경우가 많아요. 그런데 거기다 대고 막 야단만 쳐서 될 게 아니죠.

사랑으로 감싸안는 따뜻한 마음, 그게 세상에는 많이 필요하다는 생각이 들어요.

안동권 수녀님은 우리나라뿐 아니라 세계의 어린이 문제에 대해서는 어떻게 생각하십니까?

이해인 장애, 노인 문제에 대해서는 그런대로 관심도 있고 프로그램도 있고 배려해주는 것도 있는데, 우리는 말로만 어린이를 사랑하는 것 같아요. 실제로는 별로 안 그렇답니다.
어린이들이 속해 있는 곳은 일차적으로는 가족 공동체인데,

부모들이 자기들이 너무 바빠서 아이들을 돌보지 않아 문제를 만드는 것이 아닌가 싶어요. 우리가 절실히 느끼지 못하지만 밥을 굶는 아이들, 폭력에 노출된 아이들이 많답니다. 이런 것을 정치 지도자들이 우선 제대로 방향을 잡아 움직여주면 일반 국민들이 따라가잖아요.

그런데 정치하는 사람들이 이런 문제는 통 관심이 없으니 그것도 걱정이에요. 청소년이나 어린이들이 불쌍하다 또는 큰 문제가 있다고 하지만, 빛과 소금의 역할을 어른들이 제대로 못 했기 때문에 이런 일이 생기는 것이죠.

요즘 같이 물질이 넘쳐나는 시대에 밥을 굶는 아이들이 수만 명이 있다는 것을 누가 믿겠어요?

안동권 그러게요.

제가 오래전 부산의 광안리에 갔을 때 수녀원 앞에 장애인들이 있는 유치원이 있었는데, 아직도 있습니까?

이해인 네. 장애인 공동체는 다른 곳으로 이전을 하였고, 유치원도 새로 지어 이사를 했어요. 옛날 유치원 교실은 상담실, 성서 공부방으로 쓰고 있는데, 저도 방 하나를 작업실로 사용하고 있답니다.

안동권 하하하!

이해인 몇 년 전에 양로원과 분도유치원을 나란히 새로 지었답니다. 그리고 우리 수녀원에선 일주일에 4번 노숙자들에게 밥 주는 일을 IMF 때부터 몇 년째 계속해오고 있지요. 사람들은 노숙자에게 밥을 자꾸 주면 오히려 버릇이 든다고, 일할 수 있는데도 자꾸 와서 받아먹는다고 하지만 그 중엔 진정으로 밥이 아쉬운 사람도 많이 있잖아요.

그리고 어린이들을 위해서는 나라 차원에서 도시락 싸기 등 부분적으로 해결을 하려고 노력하고 있지만, 붐을 일으켜 근본적으로 해결이 되게는 안 해주고 있는 것 같아요. 밥 굶는 아이들을 위한 가톨릭 복지단체들이 많고 나름대로 자기 일들을 하고 있지만, 어떤 단체에서만 할 것이 아니라 국민 모두가 해야 될 것 같아요.

안동권 마지막 질문이 될 것 같습니다.

수녀님께서는 요즘도 대학에 강의를 나가는 것으로 알고 있습니다. 세계가 만일 100명의 마을이라면, 대학교육을 받은 사람은 겨우 1명이고, 컴퓨터를 갖고 있는 사람은 2명밖에 되지 않는다고 합니다. 그렇다면 수녀님께 강의를 듣는 학생들은 100

명 마을의 유일한 1명에 해당하는 사람들이 되는 셈인데, 단순히 외부적인 조건만을 놓고 따지면 무척 행복한 사람이란 뜻이 되기도 하지요.

그렇다면 요즘의 학생들이 수녀님 보기에 행복과 기쁨이 있는 생활을 하는 것 같습니까?

이해인 요즘의 젊은이들은 제가 기대하는 것만큼 활력넘치는 기쁨은 부족한 것 같아요. 모든 게 순풍에 돛을 단 듯 잘 될 때는 자기가 행복한지 모른다는 것이 오늘날 우리 모두의 비극이라는 생각이 들어요.

저에게도 수도원에 살면서 주어진 것들이 참 많답니다. 비온 뒤에 햇빛 한 자락에도 고마워하고, 바람에 나뭇잎이 스쳐가는 소리를 들으면서도 황홀해합니다.

누가 보든 안 보든 제가 경탄하고 살기 때문에 하루하루 사는 게 너무 놀랍고 행복해요. 새롭게 감사하는 기쁨으로, 새롭게 사랑하는 기쁨으로, '새롭게'라는 단어를 계속해서 쓰게 되요. 이런 마음을 우리 모두가 가질 수 있다면 모두가 행복해지지 않을까요.

'풋마음을 새롭히다.'

우리가 풋사랑을 할 때 얼마나 설레입니까? 모든 사물과 사람을 첫사랑하는 마음으로 대하면 우리 안에서 찡그리고 살 이유가 없는데, 저를 비롯해 요즘의 젊은이들은 참 무디게 살고 있는 것 같아요.

감탄할 줄도, 감동할 줄도 모르고……. 그러다 보니 옛날보다 덜 행복해 하는 것이 아닐까 하는 생각이 드네요. 물질적인 풍요는 많이 늘었는데도 말이에요.

젊은 친구들이 매사에 감탄하고 경탄하는 감각을 새롭히면 그것만 가지고도 세상은 훨씬 더 행복해질 겁니다.

안동권 수녀님의 말씀에 깊은 공감을 하게 되네요. 그동안 우리는 잘못된 문제들을 잘 알면서도 애써 무관심하고, 행동하지 않을 때가 많았습니다. 하지만 이 책을 통해 자신을 합리화하는 모습에서 벗어나 작은 것부터 실천하는 모습으로 바뀌는 기회가 된 것 같습니다.

오랜 시간 고맙습니다.

이해인 예, 다음에 부산 오시면 우리 수녀원 '해인 글방'에도 한번 들러주세요.

한 달에 2만 원으로 나누는 사랑

남을 사랑하는데도 연습이 필요하다

한비야(월드비전 긴급구호팀장 · 오지여행가)
www.worldvision.or.kr

세계가 만일 100명의 마을이라면……

20명은 영양실조이고

1명은 굶어 죽기 직전인데

15명은 비만입니다

내가 지난 7년간 세계일주를 하고 나서 내린 결론,

세계는 정말 좁구나!

100명이 옹기종기 어깨를 맞대고 사는

작은 마을이나 다름없다.

방글라데시 빈민촌에서 만난 밝은 미소 가진 아이와 함께

아니 세계는 몇 개의 방으로 이루어진

조금 큰 집에 지나지 않는다.

세계가 그런 집이라면……

그 속에서 사는 우리는 어떻게 살아야 할까?

골고루 나누면,

내가 살기에 좋은 집이 되고,

우리 가족이 살기에 좋은 집이 된다.

남을 위해 나눈 것들이 결국

우리 자신의 행복과 기쁨으로 돌아온다.

남을 향한 우리의 작은 관심이

어느 누군가의 목숨까지 살릴 수 있다면

그 작은 관심을 한번 쏟아볼 만 하지 않은가?

만약, 한 달에 2만 원으로

대여섯 되는 한 가족이 가난을 벗어나 행복하게 된다면

한번 나누어볼 만하지 않겠는가?

지금 우리에게 필요한 것은

이불 속에서 나오는 것이다.

방문을 열고 방 밖으로 나가는 것이다.

남이 행복해야 결국 나도 행복하다.

남의 불행이 언젠가는 나의 행복을 깨뜨리기 때문이다.

옆방에 굶어 죽어가는 사람이 있는데

나 혼자 맛있는 것을 먹고 감미로운 음악을 들으며

행복해 할 수 있을까?

남의 어려움을 살피고

가진 것을 나누는 것도 연습이 필요하다.

좀더 많이 가진 사람들은

그렇지 못한 사람들과 나누어 써야 한다.

특별한 이유가 없다.

많이 가지고 있기 때문이다.

우리 아이들에게 정말 세상은 작고,

조금 많이 갖고 있는 것을

그러지 못한 사람들과 나누는 것이

당연한 일로 알고 자라게 해야 한다.

그것이 사람이 진정으로 행복할 수 있는

단 하나의 길임을 가르쳐야 한다.

세계화란 세계 지도나 마찬가지다

우리는 정말 좁은 세계 안에 살고 있다. 뛰어봐야 지구 안이다. 세계화가 뭔가 대단한 것 같지만 이처럼 알고 보면 참으로 간단하다. 지금 내가 입고 있는 옷, 먹는 음식, 온갖 문명의 이기, 이런 것들이 모두 어디에서 왔는가? 세계 여기저기에서 온 것들이다.

'우리가 지닌 모든 것이 세계 여기저기에서 왔다'는 사실을 아는 것, 이것이 세계화의 출발점이다.

세계화의 기본은 세계를 한눈에 보는 것이고,
세계 지도를 옆에 두고 사는 것이다.
세계가 자기 눈 안에 들어와 있는가?
가슴 안에 들어와 있는가?
머리 안에 들어와 있는가?
자기의 이해 범주 안에 들어와 있는가?

지구본이 한 바퀴 도는데 겨우 몇 초 걸리지 않는 그런 세계, 그런 좁은 땅. 이러한 생각을 머리와 가슴과 행동 속에 기본 바탕으로 깔아놓는 것, 이것이 세계화의 첫걸음이다.

만약 지구본처럼 세계가 그렇게 작다면, 그래서 한눈에 훤히 내려다볼 수 있다면 그 안에서 한국, 중국, 일본, 이렇게 땅을 가르는 게 얼마나 우스꽝스러운 일인가? 그런데 실제로 우리는 아무렇지도 않게 그렇게 하고 있다.

우주 속으로 날아가 지구를 보면, 지구는 크기는커녕 딱 한 점으로 보일 것이다. 그런데도 그 안에서 서로 땅을 나누고 더 차지하겠다고 총을 쏘고 있다. 피부색이 다르다, 종교가 다르다, 역사와 문화가 틀리다고 미워하며 피 흘려 싸우고 있다. 서로를 더 많이 죽였다고 의기양양해 하고 있다.

만약 어느 낯선 곳에 떨어졌는데, 사람은 아무도 없고 동물과 식물뿐이라고 가정해보자.

그런 곳에서 어느 날 한 사람을 만났다고 생각해보자. 얼마나 반가울까? 그 순간에도 그 사람의 피부색이 나와 다르고, 나와 다른 말을 쓰고, 종교가 다르고 살아온 문화와 역사, 가치관이 다르다는 것이 문제가 될까? 단지 그가 동물이 아니고 사람이란 사실이 내게 큰 위안과 평화, 행복을 가져다주지 않을까?

만약 우주에 나갔다고 생각해보자. 지구에서 멀리 떨어진 우주에 고독하게 살고 있는데, 지구에서 누군가 왔다면, 그래서 낯선 우주에서 나와 똑같은 지구인을 만났다면, 그가 어느 나라 사람이든 단지 지구에 사는 사람이란 이유 하나만으로 얼마나 큰 동질감을 느낄 수 있을까?

이런 느낌은 현실에서도 얼마든지 가능하다. 외국 생활을 할 때, 특히 그곳이 오지인 경우 한국 사람을 만나면 그 사람이 경상도 사람인지, 전라도 사람인지 따지지 않는다. 한국 안에서라면 틀림없이 고향이 어디인지, 어느 학교를 나왔는지 따져보았을 것이다. 그렇지만 한국 밖에 나가면 그런 명찰은 아무것도 아닌 것이 되고 만다.

국적?

그것도 마찬가지다. 아시아 안에서라면 한국, 중국, 일본이라는 국적이 의미가 있겠지만, 세계 무대에 나가면 그저 아시아인으로 통하기 때문이다.

아시아인?

그것 역시 그렇다. 생각을 우주적인 차원으로 넓히면 그저 인간이란 것이 의미 있을 뿐이다. 지구본만큼이나 작은 이 세계에 살면서 경상도와 전라도를 따지고, 민족을 따지고, 피부색을 따지고, 대륙을 따지는 것이 얼마나 허망한 것인지, 조금만 멀리 나가 우주에서 우리를 바라다본다면 단지 지구인이 되고 마는데 말이다.

진정한 세계화란, 세계를 크고 넓게 보는 게 아니라
작고 좁게 보는 것이 아닐까?
마치 자기 가슴속에 지도를 하나씩 품고 사는 것처럼.
작은 지구본을 호주머니에 넣고 다니는 것처럼.
내가 행복하기 위해서는 내 주위에
불행한 사람이 있으면 안 된다.

세계란 조금 큰 집에 지나지 않고, 나는 그 집의 어떤 방에서 맛있는 음식을 먹고 즐거운 음악을 들으면서 행복하게 살고 있는 것에 다름아니다.

그런데 옆방에서 누군가 고통스러운 신음소리를 내고 있다고 생각해보자. 그는 배가 고프기도 하고, 병에 걸려 고통스러워하기도 한다. 그런 상황에 처한 사람이 바로 옆방에 있는데, 단지 내가 그렇지 않다고 해서 그 사람의 처지가 나와 아무 상관이 없는 걸까?

내가 행복하기 위해서는 옆방에서 최소한 신음소리는 들리지 않아야 할 것이다. 그가 행복하게 살지는 못한다 하더라도.

적어도 옆방 사람이 굶주리지는 않아야 할 것이고, 아파 괴로워하거나 고통스러워하지는 말아야 할 것이다. 우리가 그 고통을 멈출 수 있게 할 수 있다면 그렇게 해야 할 것이다. 그래야만 따뜻하고 안전한 방에 있는 나도 온전한 행복과 평화를 누릴 수 있기 때문이다.

스스로의 행복을 위해서는 적어도 자신의 주위에 불행한 사람은 없어야 한다. 아니 불행한 사람이 왜 그런지 들여다보고 할 수 있을 만큼 도와주어야 한다.

나는 우리 아이들이 책상이나 거실 등 아주 잘 보이는 곳에, 날마다 볼 수 있는 곳에 세계 지도를 붙여 놨으면 좋겠다. 그리고 저금통에 한푼 두푼 동전을 모아 다른 나라의 어린이를 돕는 일을 도와주면서 어릴 때부터 나누는 일이 몸에 배이게 했으면 좋겠다. 나는 이런 것이 따로 돈을 들여 거창하게 세계화 교육을 시키는 것보다 훨씬 효과적이라고 생각한다. 그래야만 장차 활동해야 할 무대가 대한민국, 대한민국 안에서도 서울, 서울 안에서도 무슨 구, 그 안에서도 무슨 동이 아니고 이 세계 전체가 우리의 무대라는 것을 스스로 깨달을 수 있기 때문이다.

세계여행 중 오지를 다닐 때 아주 작은 도움이, 예를 들면 내가 갖고 있던 마이신 한 알 같은 것이 꼭 필요한 사람에게 건네졌을 때 얼마나 큰 도움으로 바뀌는지 자주 보았다. 그런 일을 겪을 때마다 놀랐다. 내게는 정말 아무것도 아닌 것이 다른 사람에게는 엄청나게 크고 소중한 것이 되고, 그 때문에 그 사람이 너무나 고마워한다는 사실에, 그리고 내게 뭔가 굉장한 일을 한 것같이 가슴 뻐근하도록 기쁘다는 사실에 나는 나눈다는 것이 꼭 무엇인가 많이 있어야 하는 것이 아님을 깨달았다.

예를 들면 이런 것도 있다.

한 달에 우리 돈 2만 원, 많다면 많지만 적다면 적은 돈이다. 그 돈으로 가난한 나라의 한 아이를 지속적으로 도와준다고 생각해보라. 그래서 그 아이를 가난의 수레바퀴에서 건져

남부아프리카의 잠비아. 반복되는 가뭄과 홍수로 극심하게
굶주려 있지만 항상 밝게 웃는 천지난만한 아이들에게서 새로운 희망이 느껴진다.

낸다고 생각해보라.

　실제로 아시아나 아프리카의 여러 가난한 나라에 사는 사
람에게 한 달에 2만 원이면, 한 아이뿐만 아니라 그 아이 식구
모두를 먹여 살릴 만한 큰 힘을 발휘하는 돈이다.

　그 2만 원 덕택으로 뿔뿔이 흩어져 있던 가족들이 한데 모
이고, 아이들은 학교에 다닐 수 있고, 지독한 가난을 벗어나
는 삶의 밑천이 된다면, 그 2만 원이란 돈이 엄청난 효과로 확
대 재생산되는 것이 아니겠는가? 한국에서의 2만 원이 산을
넘고 바다를 건너가는 동안 엄청나게 불어난 것도 아닌데 말
이다.

작은 관심이 다른 사람의 목숨을 구할 수도 있다.

지금 당장 우리는 줄 수 있는 것으로 나눌 수 있다.

제3세계의 가난한 사람들이 겪고 있는 절대적인 빈곤이란, 일반 상식이 통하지 않는 구조적 모순 상태에 있다. 한마디로 그들이 일을 하지 않아 가난한 것이 아니다. 사회 자체가 아무리 열심히 일을 해도 근본적으로 배고픔과 헐벗음을 면할 수 없는 구조라는 이야기다.

방글라데시에 사는 한 소년이 있었다. 아버지는 릭샤꾼(릭샤란 바퀴가 셋 달린 자전거로, 뒤에 손님이 타는 인력거)이었다. 그 소년의 아버지는 새벽부터 밤늦게까지 그야말로 뼈가 빠지게 일했다.

그런데 이렇게 일을 해도 식구들은 밥을 굶기가 일쑤였다. 왜냐하면 그 릭샤가 자기 것이 아니라 임대한 것이기 때문이었다. 릭샤 임대료는 보통 하루 수입의 반 정도인데, 그 돈을 릭샤 주인에게 주고 나면 남는 것이 거의 없다. 게다가 고장이라도 나면 수리비와 부품값도 자기가 내야 했다.

결국 소년의 어머니는 길거리에서 막노동을 하게 되고, 그래도 먹고 살 수가 없어 14세 된 소년의 누나를 남의 집에 가정부로 보내고 말았다.

그런데 문제는 어린 소녀가 남의 집에 가정부로 가면 그 집 남자 주인과 주인의 아들에게 성폭력을 당하기 십상이다. 심할 때는 단순히 일회적 성폭력이 아니라 지속적인 성노리갯감이 되는 경우도 적지 않다고 한다.

이러한 사실을 알면서도 딸을 가정부로 보내야 하는 그 소녀의 부모들의 심정이란……. 이유는 다른 것이 아니다. 집에 남아 있으면 굶어 죽기 때문이다.

만약 소녀의 아버지가 너무 게을러서 가족들이 그런 험한 꼴을 당한다면 문제는 다르다. 아버지를 교육시켜 열심히 일하게 하면 된다. 그도 아니면 아버지를 법으로 처벌할 수도 있을 것이다.

하지만 소년의 아버지는 절대 게으르지 않다. 오히려 그 누구보다도 더 열심히 일한다. 그런데도 여전히 가난을 면할 수 없다. 이때 여러분의 머리에 떠오르는 해결방법은 무엇일까?

구조적 모순을 근본적으로 해결한다?

그렇게만 할 수 있다면 얼마나 좋을까? 하지만 근본적인 구조적 모순을 해결하기에는 너무나 많은 시간이 걸린다. 당장 눈앞에서 사람이 굶어 죽어가고 있는데, 당장 눈앞에서 어린이들이 노동 착취를 당하고, 어린 여자아이들이 성폭행을 당하는데 구조적인 모순, 근본적인 해결 운운할 시간이 없다.

그러한 구조적 모순을 해결하기 위한 장기적인 노력과 더불어 '지금 당장' 도와주어야 한다. 답은 이 하나뿐이다.

'당장 달려가 우리가 줄 수 있는 것을 나누어주어야 한다.'

풍요롭고 평화로운 '방'에서 사는 우리가 그렇게 할 수 있기 때문이다.

이 소년의 경우라면, 그렇다면 어떻게 도와주는 것이 좋을까?

릭샤를 사서 그 소년의 아버지에게 싼 값에 임대해준다. 원래의 임대료보다 훨씬 싼 값에 빌려주면, 릭샤꾼은 가정부로 보냈던 딸을 데려올 수 있고, 일을 해야 했던 아이들을 학교에 보낼 수 있다. 저축도 할 수 있게 된다. 열심히 일해 돈을 모으고, 그 돈이 어느 정도 되면 릭샤를 사게 한다. 릭샤가 자기 것이 될 즈음이면 릭샤꾼의 가족들은 굶주림과 가난에서 조금이나마 벗어나게 된다.

이것은 결코 밑 빠진 독에 물 붓기가 아니다. 아무리 열심히 펌프질을 해도 맨 처음에 종잣물이 없으면 어떻게 물이 나오겠는가? 종잣물을 대어주는 것, 그 종잣물이 2만 원이다.

적다면 적다고 할 수 있는 2만 원, 그 돈으로 지구상의 어느 누군가의 가족들이 한데 모여 살 수 있고, 그 집 딸의 인생이 바뀌고, 그 가족들이 희망을 갖고 살 수 있다면, 한번 나눠 볼 만한 2만 원이 아니겠는가? 아니 할 수 있는 사람들은 반드시 나눠야 하는 2만 원이 아니겠는가?

이러한 나눔의 결과 행복한 것은 제일 먼저 자기 자신이다. 도움을 받아 행복해 하는 사람보다 몇 배는 더 행복해지는 것이 도움을 베푼 그 사람 자신이기 때문이다.

세계 아이들의 문제는 곧 내 아이의 문제

2000년에 태어난 전세계 아이가 만약 100명이라면

40명은 태어난 사실이 신고되지도 않았습니다.

30명은 영양이 충분하지 못합니다.

19명은 깨끗한 물을 마실 수 없습니다.

40명은 몸을 씻을 물이며 화장실이 모자라고

쓰레기와 병을 옮기는 벌레들 때문에 괴로워하고 있습니다.

17명은 학교에 다니지 않습니다.

그 가운데 9명은 여자아이입니다.

제3세계의 아주 가난한 동네에 가면 반드시 흡혈귀 같은 고리대금업자가 있다. 가난한 사람도 아플 때가 있고, 결혼을 해야 하고, 죽으면 장례를 치러야 한다. 대개 이렇게 큰돈이 필요하면 이들은 고리대금업자를 찾을 수밖에 없다. 그런데 그들이 말하는 큰돈이란 것이 알고 보면 우리 돈으로 겨우 몇만 원이다.

그러나 하루 벌어 그날 하루를 겨우 사는 사람들에겐 그 돈이 정말 큰돈이다. 그러다보니 큰일이 생길 때마다 돈을 빌리게 된다. 그 빌린 돈이 달러로 50달러 이상 되면 아이를 잡아가 담보로 잡는다. 이런 일이 너무 흔하게 일어나고 있다.

담보로 잡혀간 아이는 노동력을 착취당한다. 더 비참한 것은 그 아이들이 하는 일이 빚을 갚는 것이 아니라 빚에 대한 이자를 갚는 것에 지나지 않는다는 사실이다. 그러다 보니 노동의 대가는커녕 평생 일해도 빚은 하나도 줄지 않고, 그렇게 몇 년 동안 일만 하는 아이들이 너무 많다. 형이 하던 일을 동생이 물려서 하는 경우도 보았다.

고리대금업자에게 팔려간 아이들은 하루에 14시간 이상씩 일한다. 담뱃잎 싸는 것부터 카펫 짜는 일, 사금 캐는 일 등등. 월드컵 때 한창 보도됐던 축구공 만드는 것도 제3세계 아이들이 하는 경우도 허다하다고 한다.

게다가 더 놀라운 것은 이제 겨우 열서너 살 먹은 아이들이 어른보다 힘든 일을 하고 있는데, 일한 지 얼마나 됐냐고 물어보면, '5년째 일한다'는 소리를 너무나 쉽게 들을 수 있다는 사실이다.

기가 막히지 않은가? 내 눈으로 보지 않았다면 나 역시 믿지 않았을 것이다.

단지 빌린 돈의 이자를 갚기 위해 어린아이가 몇 년 동안 힘든 일을 하고 있다는데 입만 열면 세계화를 외치고 있는 우리는 과연 무엇을 해야 한단 말인가?

50달러면 대략 6만 원.

이 돈이면 한 어린이의 인생을 바꿔놓을 수 있다. 단 50달러만 있으면 5, 6년째 카펫을 짜고, 축구공을 만들고, 담뱃잎을 마는 어린아이를 구해낼 수 있다.

그런데 문제는 50달러를 들여 그 아이를 구해주기만 하면 되느냐 하는 데 있다. 구해내 봤자, 이른바 구조적 모순 때문에 가난한 부모들은 또다시 돈을 빌리게 되고 그 아이는 또다시 끌려가 일하게 되고 만다.

그러므로 그 아이를 구해내어 학교에 가게 해서 그 아이가 자기의 인생을 스스로 살아갈 수 있게 해주기 위해서는 그 아이를 지속적으로 도와야 한다. 이때 필요한 돈이 한 달에 2만 원이다. 한 어린이가 완전한 어른으로 살아갈 수 있게 해주는 데 필요한 최소한의 돈 2만 원.

그렇다면 한번 나누어볼 만하지 않은가? 아니, 나누어야 마땅하지 않은가?

남을 돕고, 가진 것을 나누는데도 연습이 필요하다

남을 돌보는 것도 습관이다. 어렸을 때부터 남을 도왔던 사람은 커서도 돕는다. 초등학생 때 혼자 사는 할머니, 할아버지들을 위해 재롱잔치를 한 어린이는 중·고등학생이 되면 여기저기 찾아다니며 자원봉사도 할 줄 알게 된다.

또 대학생이 되면 여러 시민단체에 가입해 활동하고, 그런 사람들이 의사가 되면 가난한 사람을 위해 의술을 베풀고, 변호사가 되면 없는 사람을 위해 변론을 해주고, 미용기술을 배우면 양로원이나 보육시설에 가서 이발봉사하고, 돈을 많이 벌면 가난한 사람을 위해 나누고, 많이 배우면 못 배운 사람을 위해 배움의 보따리를 풀어낸다.

이처럼 남을 돕고, 가진 것을 나누는데도 연습이 필요하다. 연습하지 않으면 음식을 쓰레기로 버릴지언정 남을 위해 나눌 줄은 모르게 된다.

실제로 전세계에는 63억 인구를 먹여 살리고도 남을 충분한 먹을거리가 있다. 한 해 동안 버리는 음식 쓰레기의 반의 반만 있어도 굶어 죽어가고 있는 사람들을 다 먹여 살릴 수가 있다.

그런데 뭐가, 어떻게 잘못되었기에 굶어 죽는 고통을 당해야 하는 사람이 있단 말인가? 없어서도 아니고, 모자라서도 아닌데 말이다.

마더 데레사 수녀님의 말처럼 나눌 줄 모르기 때문이다. 왜 모르는가? 가르쳐주지 않았기 때문이다. 어른들이 모범으로 보여주지 않았기 때문이다. 그 때문에 아이들은 배우지 못했고, 그렇게 어른이 되어버려 아이들에게 가르쳐줄 수도 없었기 때문이다.

남을 돕고, 가진 것을 나누는 것도 연습이 필요하고 몸에 배여야 한다.

우리가 정말 익히고 가르쳐야 할 것은 나눔의 행복이다. 도움을 받는 사람만큼, 아니 그보다 훨씬 나누어주는 사람들이 기쁘다는 사실을 우선 어른들이 먼저 깨달아 몸으로 보여주어야 한다.

그러면 그 아이들은 저절로 배울 것이고, 그 아이의 아이들 역시 그렇게 할 것이다.

한번 눈을 감고 상상해보자. 우리의 아이들이 가슴속에 세계 지도를 품고 전세계를 무대로 살고 있는 모습, 그 아이들이 지구 저편에 사는 또래들의 어려움에 관심을 가지고 자기가 가진 것을 기꺼이 나누며 살고 있는 모습, 그렇게 당당하고 따뜻한 세계인으로 커가는 우리 아이들의 모습을.

상상만으로도 가슴이 벅차오르지 않는가.

세계가 만일 100명의 마을이라면……

75명은 먹을 양식을 비축해 놓았고

비와 이슬을 피할 집이 있지만

나머지 25명은

그렇지 못합니다

17명은 깨끗하고 안전한 물을

마실 수조차 없습니다

한비야의 긴급 제안

월드비전은 1950년 한국전쟁 당시 전쟁고아와 미망인을 돕기 위해 만들어진 세계적인 구호단체입니다. 지금은 세계 100여 개국에서 긴급구호와 개발사업을 통해 약 1억 명의 가난하고 고통받는 사람들을 위해 일하고 있습니다.

월드비전의 발생지인 한국에서는 지난 40년간 해외에서 막대한 원조를 받아 전쟁복구와 개발사업을 했지만, 1991년부터는 자체 모금으로 국내와 북한은 물론 15개국에서 어려운 아이들을 돕고 있습니다.

여러분에게는 '기아체험 24시간', '사랑의 빵' 또는 탤런트 김혜자 씨가 친선대사로 일하는 곳으로 더 잘 알려졌겠지요.

책을 읽고 당장 후원해야겠다는 분들이 많았으면 좋겠습니다. 저도 에디오피아와 방글라데시 아이 2명을 후원하고 있는데, 마치 딸이 생긴 기분이랍니다. 후원을 하시면 결연된 아동의 사진과 편지를 받아볼 수 있고, 기회가 되면 직접 만나볼 수도 있습니다. 아이가 커가는 모습, 그리고 그 가정이 단단히 지켜지는 모습을 보면서 '나누는 기쁨'도 더불어 커질 것입니다.

• 월드비전 : (02)2078-7000, 월~금 9:00~18:00

고통을 치료하는 가장 좋은 약은 사랑이다

서홍관(인도주의실천의사협의회 공동대표 · 시인)
www.humanmed.org

벌써 오래전 이야기다.

내가 인창이를 만난 곳은 서울 변두리에 문을 연 한 선배의 병원에서였다. 레지던트 시절이었는데, 일이 바쁜 선배 대신 진료를 도와주고 있을 때였다. 다섯 살쯤 되어 보이는 사내아이가 할머니와 같이 진료실로 들어왔다. 할머니는 아이가 자꾸 배가 아프다고 한다면서 진찰을 해달라고 했다.

나는 그 말을 듣고 지극히 사무적인 말투로, '언제부터 아팠느냐, 주로 어디가 아프냐, 토했느냐, 설사를 하느냐'를 물어보았다. 그리고 아이를 침대에 눕히고는 진찰을 시작했다. 다행히 맹장염은 아니었고 단순한 위장 장애가 틀림없었다.

이런 경우, 대개 의사들은 장염이라고 하거나 체했다고 하면서 간단한 소화제를 처방하고 상태를 지켜보자고 하는 것이 보통이다. 나 또한 그렇게 정해진 순서를 밟아가려고 했다. 그런데 바로 그 순간 할머니가 심각한 얼굴을 하더니 내 손을 잡고 가까이 다가앉는 것이 아닌가!

내게 바짝 다가앉은 할머니는 애원하는 표정으로 목소리를 낮추어 말했다.

"애가 자꾸 딴 생각을 해요."

밑도 끝도 없는 말이었다. 나는 무슨 뜻인지 알아들을 수가 없었다. 딴 생각이라니? 그것이 이 아이가 배 아픈 것과 무슨 관계가 있단 말인가? 그런 이상한 이야기를 하기 위해 나에게 그토록 바짝 다가앉을 필요가 있었단 말인가?

나는 무슨 말인지 되물었다. 그랬더니 할머니는 내게 그 아이에 얽힌 이야기를 털어놓는 것이었다.

그 아이의 이름은 인창이었고 할머니는 인창이의 친할머니였다. 엄마와 아빠 품에서 잘 자라던 인창이는 몇 년 전 아빠가 다른 여자를 사귀면서 모진 시련을 만나게 되었다. 이미 다른 여자와의 사이에 아이까지 있던 아빠는 집에 들어오기만 하면 엄마와 다투기 시작했다. 서로 때려 부수고 싸우는 속에서 인창이는 늘 울면서 지냈다. 그렇게 하기를 몇 개월. 결국

인창이의 엄마와 아빠는 서로 합의하여 이혼하고 말았다.

인창이는 아빠가 기르기로 했고, 곧 새엄마와 함께 살기 시작했다. 하지만 인창은 친엄마를 잊지 못해 늘 울었고, 그런 인창이를 새엄마도 더 이상 감당할 수 없어 같이 살 수 없게 되고 말았다. 그렇게 해서 인창은 할머니 집으로 가서 살게 된 것이다.

인창이와 헤어지게 된 인창의 친엄마는 떨어져 살면서도 늘 인창에게 전화를 해왔다고 한다. 인창이와 엄마는 서로 전화를 하면서 울기도 많이 울었다고 한다. 그런데 몇 달 전부터 전화가 뜸해지더니 아예 전화가 오지 않게 된 것이다. 할머니는 그 대목에서 목소리를 더욱 낮추고는 '재혼했다는 소문이 있는데 확실치 않다'는 말을 했다.

그런데 문제는 인창이었다. 엄마의 소식이 끊긴 뒤 자꾸만 여위어 갔다. 잔병치레도 잦아졌다. 걸핏하면 머리가 아프거나 배가 아프다고 했다. 밥도 거의 먹지 않고 과자를 주면 조금 먹는 둥 할 뿐이었다. 즐겨 보던 텔레비전의 만화 영화도 좋아하지 않고, 텔레비전 앞에 앉아서도 멍하니 있는 경우가 많아졌다.

마침내 인창의 얼굴에서 웃음이 사라지고, 말도 하지 않게 되었다. 대신 걸핏하면 울음을 터뜨리고, 때를 쓰는 아이가 되어 할머니도 감당하기 힘든 아이가 된 것이다.

나는 여기까지 듣고서 인창이의 얼굴을 다시 보게 되었다. 인창이는 아픈 배를 만지면서 약간 얼굴을 찌푸린 채 힘없는 표정을 짓고 있었다. 그 아이의 눈망울을 바라보면서 의사로서의 깊은 절망감을 느꼈다. 나는 이 아이에게 과연 무엇을 해줄 수 있단 말인가? 이 아이에게 필요한 것은 엄마와 아빠의 따스한 사랑인데…….

할머니의 이야기를 듣는지 못 듣는지 인창이는 그저 푹 꺼진 두 눈으로 땅바닥만 내려다보고 있었다. 한창 까불고 재잘거릴 나이에 인창이는 왜 그렇게 감당하기 어려운 짐을 지어야 했던 것일까? 나는 너무나 가슴이 아팠다. 이런 아픔을 준 어른들은 누구란 말인가?

과연 세상은 공평하다고 말할 수 있을까? 아주 기본적인 삶의 조건마저 선택할 기회도 없이 모든 것을 빼앗겨 버린 삶이란 얼마나 억울하고 참담한가?

그날 나는 진료를 하다 말고 한참이나 인창이를 쳐다보았다. 나는 인창이의 처방전에 '엄마 아빠의 사랑'이라고 크게 쓰고 싶었다. 그러나 내가 할 수 있는 일은 겨우 소화제를 처방하는 일이었다. 아이의 고통을 조금도 치료하지 못하고 약 몇 알을 쥐어줘야 하는 나의 무력함이 나를 서글프게 했다. 인창이와 할머니는 약을 받아가지고 진료실을 나갔다. 그날 이후, 인창이의 슬픈 눈망울은 내 머릿속에서 떠나지 않았다.

세계가 만일 1000명의 마을이라면……

마을에서는 해마다 아이가 28명씩 태어나고

10명이 죽습니다.

그 중 3명은 굶어 죽고, 1명은 암으로 죽습니다.

2명은 첫돌이 되기 전에 죽습니다.

이 갓난아기 중 1명은 에이즈 바이러스에 감염되어 있지만

아마 아직 병이 들기 전이겠지요.

지구에는 아픈 사람들이 참 많다. 영양부족, 전염병, 설사, 폐렴 같은 병들은 조금 산다는 나라에서는 보기 드문 병이 되어 버렸다. 그러나 아프리카를 비롯해 가난한 제3세계에서는 여전히 목숨을 위협하는 위험한 병으로 남아 있다.

그런데 이런 병들을 치료할 약이 없는 것이 아니다. 다만 부유한 나라에서는 약물 과용이 문제가 되고, 가난한 나라에서는 약이 없어 죽어갈 뿐이다.

멀리 아프리카까지 갈 것도 없다. 서울에서 차로 한 시간이면 갈 수 있는 북한에도 제대로 먹지 못한 어린이들이 영양부족에 시달리고 있다. 예방접종을 제대로 못해 전염병에 걸리고, 영양상태가 나빠 결핵에 감염되고 있다. 제대로 밥만 먹어도 살아날 수 있는 아이들이 밥이 없어 죽어가고, 링거만 제대로 맞아도 살아날 수 있는 아이들이 설사로 죽어간다. 그런데 남한에서는 약이 넘쳐 지나친 항생제 사용이 문제가 된다.

의사들로 이루어진 인도주의실천의사협의회(약칭 인의협)는 북한에 기근이 들어 많은 어린이들이 영양부족 상태에 있다는 이야기를 듣고 1997년에 약사, 한의사, 치과의사들과 함께 이들을 돕기 위해 '북한어린이살리기 의약품지원본부'라는 단체를 만들었다. 그동안 예방접종약과 치료약제를 지원

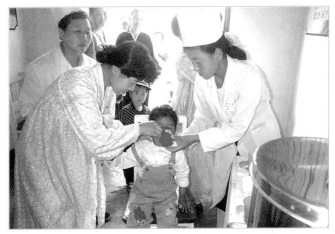

했고, 지금은 제약공장을 지원하여 북한에서 직접 의약품을 생산하는 것을 돕는 계획을 가지고 있다.

물에 빠져 허우적대는 사람에게 왜 수영도 못하면서 물에 들어갔느냐고 혼내는 것은 어리석은 일이다. 우선 구해주고 보아야 한다. 정치는 항상 이해득실을 따져야 하기 때문에 때로 추악해 보인다.

하지만 민간 차원에서는 체제와 이데올로기를 떠나 자유로울 수 있다. 더구나 어린이들을 돕는 것은 이념과 무관한 일이다. 어린이들에게 왜 북한에서 태어났느냐고 나무랄 수는 없는 노릇 아닌가?

만약 우리가 북한 동포들의 간절한 도움에 얼굴을 돌려 버린다면, 먼 훗날 우리의 손자 손녀들에게 무엇을 이야기할 수 있을 것인가? 북녘의 동포들이 굶주리고, 간단한 의약품이 없어 병들어 죽어갈 때 할머니, 할아버지는 무엇을 했냐고 따지듯이 물어본다면, 그냥 무관심하게 있었노라고, 남쪽에서는 아주 편안하게 남는 음식 버리면서 지냈노라고 그렇게 대답할 것인가?

북쪽보다 더 가까운 곳에서
우리의 도움을 필요로 하는 노숙자들이 있습니다.
노숙자 100명 가운데
20명은 중증의 알코올 중독자입니다.
10명은 정신질환을 앓고 있으며
4명은 결핵 환자입니다.
대부분 병원 치료를 받아야 하는 사람들이지만
사정은 전혀 그렇지 못합니다.

인의협에서는 북한 의료지원과 함께 노숙자 진료봉사도 하고 있다. 노숙자는 말 그대로 잠잘 곳이 없어 길에서 자는 사람들이다. 이들은 지하철역 안이나 길바닥에서 잠을 잔다. 그들이 잠을 자기 위해 가지고 다니는 것은 찢어진 종이상자와 신문지 몇 장이 전부일 때가 많다.

노숙자 문제가 심각한 사회 문제가 되기 시작한 것은 1997년에 IMF 구제금융 위기가 닥쳤을 때 많은 사람들이 실업자가 되면서 마땅한 거처를 잃고 지하도와 서울역 주변에서 길거리 잠을 자기 시작하면서였다.

앞에서 지적했듯이 단지 노숙자가 길거리 잠을 잔다는 것보다 더 큰 문제는 그들 대부분이 육체적, 정신적으로 병들어 있다는 것이다. 노숙자의 신분이다 보니 병원 치료는 더욱 멀기만 하고 그러다보니 작은 병이 큰 병이 되어 다시 정상인의 몸으로 돌아올 수 있는 사람들이 안타깝게 기회를 놓치고 마는 경우가 많다. 이러한 상황에서 이들을 다시 건강한 사회인으로 만들어 사회로 받아들이게 하는 힘은 많은 사람들의 관심과 사랑이다.

인의협에서는 1998년 5월 1일 처음으로 을지로 지하도에서 이들을 돕고자 무료 진료를 시작했다. 처음에는 아무것도 없는 상태였다. 자원봉사로 나선 인의협 소속 의사들이 청진기와 혈압기, 약품을 들고 왔다.

그러나 결핵이나 폐렴을 의심하는 환자들이 있어 진단에 어려움을 겪자 이번에는 원진녹색병원에서 엑스선 장비를 가

저다 가슴엑스선 사진을 찍기도 했다. 사당의원에서는 무료 진료에 필요한 진료 상자를 만들어주기도 했다.

그러다가 많은 사람들의 도움으로 점차 규모가 커져 2000년 3월에는 서울역 지하도로 진료소를 옮겨 매주 금요일 오후 7~10시까지 무료 진료를 펴고 있다. 이 노숙자 진료에 참여한 의대생들도 줄잡아 수백 명이 될 것이며, 이들 중 초기에 참여한 학생들은 이미 어엿한 의사가 되었다.

의사를 세 부류로 나누기를 작은 의사(小醫)는 병을 치료하고(治病)이고, 중간 의사(中醫)는 사람을 치료(治人)하고, 큰 의사(大醫)는 나라를 치료(治國)한다고 했다. 그런데 가난하고 병들어 고통받는 사람들을 볼 때면 중의나 대의는 그만두고라도 치병이라도 제대로 하는 소의라도 되었으면 하는 생각도 든다.

하지만 내 진료실에 오는 사람만 중요한 게 아니고 내 진료실에 오고 싶어도 오지 못하는 사람들에게도 관심을 가지는 것이 큰 의사가 되는 길이 아닐까? 그렇다면 큰 의사의 길은 이웃에 대한 관심과 사랑이라고 말할 수도 있지 않을까?

부처님은 삶이 고통의 바다(苦海)라고 하면서 태어나고, 늙고, 병들고, 죽는 네 가지 인생 고통을 이야기 하셨다. 지장보살은 중생이 모두 성불할 때까지 자신은 성불하지 않겠다는 소망을 가지고, 자신이 입은 옷을 모두 다른 사람들에게 벗어 주고, 벌거벗은 몸으로 부끄러워 땅 속에 파고들어가 중생들의 성불을 기원하고 있다지만, 이 세상에 이렇게 질병과 고통이 많은 것이 마음 아프다.

부모의 사랑이 필요한 인창이가 되었든, 먹을 것과 약품이 없는 북한 어린이가 되었든, 일자리가 없어 길거리에서 생활하는 노숙자가 되었든, 무엇인가를 필요로 하는 이웃들에게 자기가 가진 것의 일부를 나누면 세상의 고통은 한결 줄어들 것이다. 우리에게 오로지 필요한 것은 이웃에 대한 관심과 사랑이다.

경제발전의 시대는 끝났다
춤을 추자!

더글러스 루미즈(C. Douglas Lummis, 정치학자)

100명의 마을은 존재하지 않는다

'세계가 만일 100명의 마을이라면'이라고 가정한다면

많은 것들이 사라져버린다.

스위스인이 사라진다.

발리인이 사라진다.

오키나와인이 사라진다.

이탈리아인도 캐나다인도 사라진다.

세계가 만일 100명의 마을이라면 당신의 마을도

내가 사는 마을도 거기에는 없을 것이다.

현재의 세계는 5000가지 이상의 언어가 사용되고 있을 만큼 복잡하다.

100명은 분명 한 마을을 만드는 데는 충분한 인원이다. 그러나 하나의 세계를 만드는 데는 충분하지 못하다.

'세계가 만일 100명의 마을이라면'이라고 가정한 것은 머릿속의 실험이다. 그에 의하여 보이지 않게 되는 것도 있지만 잘 보이게 되는 것도 있다.

예를 들면, 『세계가 만일 100명의 마을이라면』을 읽은 독자들 대부분이 생각해온 '보통' 생활 스타일을 세계 사람들에 맞춰보면 실제로는 상당히 예외적이라는 사실을 알게 되고 불안해하는 독자도 있다. 그리고 세계 사람들이 극단적인 불평등 상태에서 고통받고 있음을 알 수 있다는 사실에 많은 독자는 충격을 받는다.

그러나 지금 왜 충격을 받는 것일까? 일본 사회에서 이런 사실들을 어른들이 정말로 몰랐던 것일까? 이미 알고 있던 사실에 대해 사람들이 충격을 받았다는 것 자체가 오히려 충격이 아니었을까?

그 대답으로서, 100이라는 숫자로 단순화된 통계가 빈부의 격차를 알기 쉽게 보여주었기 때문이라고 할 수 있다. 하지만 이 대답이 유일한 답이라고는 생각되지 않는다. '100명의 마을'은 단지 '세계의 인구가 만일 100명이라면'이라고 가정한 것이 아니었다. '세계가 만일 100명의 마을이라면'이라고 가정한 것이다. '마을'이라는 말은 일본뿐만이 아니라 세계의 거의 모든 문화의 과거 속에 깊이 메아리친다.

마을이란 단지 사람들이 무리를 짓고 있다는 말이 아니다. 100명의 사람들이 전철의 플랫폼에서 전철을 기다리고 있거나 백화점에서 쇼핑을 하거나, 교통정체로 100대의 차 안에서 핸들 앞에 앉아 있거나 난민이 되어 전쟁터에서 피난길에 올랐거나 하는 것들은 마을이라는 말로 나타낼 수 없다.

마을이란 함께 살려는 의지를 갖고서 실제로 그렇게 살고 있는 사람들의 모임을 말한다. 그리고 문화와 종교가 어떤 것이든간에 세계 어떤 장소에서도 마을 사람들은 서로가 함께 평화로이 살 수 있도록 전통적으로 규율이나 습관, 윤리적 원칙 등을 발전시켜왔다.

일반적으로 마을에는 토지나 다른 자원을 공평하게 분배하는 규칙, 부를 공정하게 공유하는 관습, 그리고 서로 돕는 윤리가 있을 것이다.

이것은 마을 사람들이 완전한 평등을 실현하고 있다는 의미가 아니다. 그러나 6%의 소수가 부의 59%를 지배하고 있는 마을을 찾아보는 일은 불가능하다는 것을 의미한다. 15%의 사람들이 비만이고 20%가 영양실조인 마을을 찾아볼 수 없다. 20%의 사람들이 에너지의 80%를 장악하고 있는 마을은 찾아볼 수 없다.

다른 사람들에게는 비와 이슬을 가려줄 장소가 있는데 25%의 사람들은 그럴 장소가 없는 그런 마을은 찾아볼 수 없다. 다른 사람들은 깨끗하고 안전한 물을 마실 수 있는데 17%의 사람들은 그런 물을 마실 수 없는 그런 마을은 발견되지 않는다.

마을, 적어도 전통적인 마을에 사는 사람들은 서로를 그런 식으로는 취급하지 않는다.

만일 마을에 깨끗한 물을 마실 수 있는 우물이 있다면 마을 사람들은 공유할 것이다.

만일 마을에 비와 이슬을 가려줄 장소가 없는 가족이 있다면 마을 사람들은 모두들 재료를 가져와 함께 집을 지어줄 것이다.

만일 마을에 굶주리고 있는 사람이 있다면 마을 사람들은 틀림없이 음식을 가져다줄 것이다.

대부분의 경우 전통적인 마을에는 마을 사람 누구든 사용할 권리가 있는 공유지가 있다. 즉 '마을'이란 상호부조의 윤리가 관습으로 연결된(경우에 따라서는 묶여진) 사람들의 모임을 의미한다. 이 말은 마을 속에 다른 사람들보다 유복한 가족이 있다고 해도 어떤 사람은 터무니없이 풍요롭고 또 어떤 사람은 몹시 가난에 허덕이는 그런 상태로는 방치하지 않는다는 뜻이다.

그렇기 때문에 『세계가 만일 100명의 마을이라면』의 통계가 충격이었던 것이다.

세계 어떤 곳에도 이처럼 잔인한 마을은 존재하지 않으리라.

가난한 사람들은 열심히 일하지 않았나

『세계가 만일 100명의 마을이라면』은 무섭기까지 한 불평등을 백일하에 노출시켰다. 그러나 왜 그렇게 되었는지, 어떤 식으로 그것이 유지되고 있는지에 관해서는 아무것도 말하지 않았다. 이 부분은 독자가 생각하도록 남겨져 있다.

그러나 실은 이것이 가장 중요한 문제이다.

가난한 사람들은 천연자원이 부족한 곳에 살고 있기 때문에 가난한 것인가?

그렇지 않다. 세계의 극빈층 속에는 세계에서 가장 자원이 풍부한 곳에 살고 있는 사람들도 있다. 그곳에서 막대한 부가 빼내어져 터무니없게 풍요로운 나라들로 옮겨진다. 그리고 세계의 부유층 속에는 비교적 자원이 적은 곳에 살면서도 가난한 나라들에서 자원을 수입하여 부를 유지하고 있는 사람들도 있다.

가난한 사람들은 열심히 일하지 않기 때문에 가난한 것인가?

그렇지 않다. 대체로(일 중독인 사람은 별도로 하고) 보다 풍요로운 사람들은 그다지 많은 일을 하지 않는다. 그리고 거대 부호들은 전혀 일하지 않는다.

물론 부자 나라라도 일을 많이 하는 사람들도 있다. 그러나 그 사람들이 저임금에 커피와 바나나 농장, 옷과 운동화를 만드는 열악한 노동조건의 공장에서 일하는 가난한 나라 사람들과 비교할 때 가혹한 노동을 하고 있는 건 전혀 아니다.

고층빌딩의 유리창을 닦는 것도 근대적인 일자리이다

우리는 '가난한 사람들은 경제발전이 늦어진 지역에서 살고 있어 가난하다'고 믿고 있다. 그리고 이것이 지금 세상에서는 지배적인 사고방식이다. 그러나 그것은 엄청난 환상이다.

1949년 해리 S. 트루먼 미국 대통령이 "미국 정부는 '발전도상국을 개발시키는' 프로그램을 개시한다"라고 세계를 향해 발표하였다. 그러고 나서 이 개발계획은 반세기가 넘게 세계 여러 곳의 수많은 나라에게서 뿐만 아니라, 국제연합(UN)과 관계기관, 국제통화기금(IMF), 세계은행(IBRD), 세계무역기구(WTO), 강력한 비정부조직(NGO) 등 세계의 가장 힘이 있는 여러 기구들로부터 지지를 받아왔다. 또한 그것은 빈부의 격차를 불문하고 세계의 대부분 나라들로부터 그 나라의 통치 엘리트와 기업, 경영계에 의해 지지를 받아왔다.

이 일에 대한 의미를 명백히 밝히는 것은 중요하다. '경제발전'은 세계의 가난한 사람들을 처해 있는 빈곤으로부터 구해내는 자선사업과 같은 것이 아니다. 오히려 지구상의 모든 사회에서 산업혁명을 수행하게 만드는 프로젝트이다. 바꿔 말하면 이것은 전세계의 모든 사람들을 자본주의의 산업시스템에 동원시키는 것이다.

초기단계의 이 동원은 식민지주의라는 방법으로 실시되었다. 식민지에서는 많은 사람들이 노예나 강제노동에 의해 산업경제에 참여를 강요당했다.

노예가 되지 않은 많은 사람들은 식민지 시스템 속에서 식민지를 지배한 자가 소유하는 농장과 공장에서 일자리를 찾을 수밖에 없었다.

2차 세계대전 후 식민지 해방운동에 의해 직접적인 식민지화가 불가능해졌고 UN헌장도 그것을 위법으로 정하였다. 그러나 정치적 식민지는 없어졌어도 경제적인 동원의 프로세스는 없어지지 않는다. 이번에는 그것이 '발전'이라든가 '근대화'라고 불리게 되었다. 오늘날에는 세계화(globalization)라 부르는 게 유행이다. 이름이나 방법은 변했지만 세계를 자본주의 산업시스템 아래 재편성하겠다는 본질적인 프로세스는 변하지 않았다.

이 프로세스에 의하여 절대적인 빈곤을 없애고 빈부격차를 줄일 수 있다고 믿는 사람들이 있는 것 같다.

그러나 그것은 참 기묘한 일이다. 잘 알려져 있듯이 19세기 초부터 자본주의 산업시스템은 그 자체에 맡겨져서, 즉 그 움직임은 자유시장에 맡겨져서 빈부격차를 확대시키고 있다. 자본주의 초기의 서양 국가들에 있어서 이것은 노동자계급의 빈곤화를 의미하였다.

그후(식민지화로 시작된) 경제시스템의 글로벌화에 의하여 그 시스템이 필요로 하는 빈곤 노동자계급은 식민지(후에 제3세계, 글로벌 사우스(지구의 남쪽)라고 불리게 되지만)에서 형성되었다. 서구와 전후의 일본, 그리고 다른 몇몇의 아시아 국가에서 노동자계급이 비교적 번영하였으므로 만약 개발이 계속 되어진다면 빈곤을 해결할 수 있을 것이라는 환상을 만들어놓았다.

이것을 믿었던 사람들이 깨닫지 못했던 점이 있었다. 이 경제시스템이 세계 규모가 되었을 때 경제시스템의 '부자' 쪽으로 옮겨진 나라는 그저 아주 조금밖에 없었고, 불평등은 계속 재생산되고 있으며 이제는 주로 북쪽의 나라와 남쪽의 나라 사이의 불평등으로 나뉘어져 있다는 것이다.

이 경향은 2차 세계대전 후 반세기에 걸친 개발을 통하여 계속되었다.

1960년 부자 나라에 사는 세계 인구 중의 20%의 최고 부유층은 가난한 나라에 사는 20%의 최하 빈곤층에 비해 평균 30배에 달하는 수입을 벌어왔다. 1990년대에는 그 비율이 배로 늘어나 60대 1이 되었다.

다시 말하지만 이것은 발전이 예상했던 것에 비해 실패했다는 이야기가 아니다. 세계의 주요한 정치적, 경제적 기관이 적극적으로 추진했는데 실패가 있을 수 있겠는가?

빈곤은 빈곤으로서 발전해오고 있는 것이었다. 빈곤은 재편성되고 합리화되어 체계적으로 이익을 창출하는 것으로 바뀌어 만들어졌다. 이것은 '빈곤의 근대화'라고 불리고 있다.

이것을 시각화해 보려면 가난한 나라의 전형적인 도시건축을 생각해보면 쉽게 알 수 있다. 중심부에는 유리와 강철로 만든 고층빌딩이 있고, 교외에는 손으로 지은 슬럼가가 있을

것이다. 우리는 전자를 '발전하고 있다' 또는 '근대적'이라고
하고, 후자를 '발전이 뒤떨어졌다'라고 생각하기 쉽다.

그러나 그것은 틀린 것이다. 양자는 똑같으면서 새로운 것
이며 모두 개발 프로세스의 산물인 것이다. 슬럼의 주민은 글
로벌 경제에 여러 가지 형태로 결부되어 있다.

어쩌면 그들은 고층빌딩의 유리창을 닦거나 화장실을 청소
하거나 차를 주차시키거나 재활용을 위한 병이나 플라스틱을
모으고 있을지도 모른다. 마치 힘겹게 일하는 공장에서 브랜
드 운동화를 만드는 일이 근대적인 일인 것처럼 이것들은 모
두 고도로 근대적인 일자리이다. 그러나 사람들을 빈곤으로
부터 해방시키는 일자리는 아니다.

세계 경제시스템은 불평등을 전제로 하여 불평등을 재생산
한다. 마치 피스톤의 상하에 가해지는 압력의 불평등이 내연
기관을 움직이고 있듯이 경제적 불평등이 세계 경제를 작동
시키고 있다.

그런 '부'의 개념에 불가결한 것은 보다 많은 돈을 가짐으
로서 타인에 대해 상대적으로 갖게 되는 권력이다. 가난하지
않으면 누가 힘겨운 공장에서 일을 할 것이고 더구나 다른 나
라로 보내지므로 자신은 결코 살 수도 없는 물건을 누가 만들
겠는가?

성장의 한계, 한계가 있는 지구

'100명의 마을'의 오리지널 버전은 환경학자이면서 인구문제 전문가인 도넬라 메도스 박사에 의하여 쓰여졌다. 메도스 박사는 바로 30년 전인 1972년에 출판되어 큰 화제를 모았던 『성장의 한계-로마 클럽 인류 위기의 리포트』의 공동 집필자이다. 이 책의 메시지는 '지구는 유한하여 증가하지 않는데도 세계 인구, 공업화, 공해, 식량생산, 자원감소는 기하급수적인 기세로 확대되고 있기 때문에 우리는 파멸을 향하여 나아가고 있다'는 것이었다.

이 책은 '만일 세계가 사고방식의 코페르니쿠스적 전환으로 이겨내고, 확장의 프로세스로부터 균형잡힌 상태로 바꾸지 않는다면(이것은 자연히 일어나는 것이 아니고 적극적인 인간의 개입이 필요하다) 우리는 대략 100년 정도면 성장의 완전한 한계에 도달하여 인간 문명은 결국 파멸에 이를 것이다'라고 주장하였다.

정말로 우리의 상황이 이렇다면 전세계 사람들 모두가 지금의 부자 나라 소비 수준으로 생활하는 장래를 상상한다는 건 아무런 의미가 없는 것이다. 전세계 사람들이 로스앤젤레스의 1인당 에너지 소비량으로 생활하기 위해서는 지구가 5개 더 필요하다고 한다. 이러한 계산이 정확하게 이루어졌는지는 물론 의심스럽다. 그러나 대답을 하자면 지구의 수가 2, 3개 차이가 있다고 해도 결과는 마찬가지이다.

따라서 그런 일이 있을 가능성이 전혀 없다는 이야기이다. 그러니까 마치 일어날 일처럼 이야기하지 말아야 한다(덧붙여서 말하면 로스앤젤레스는 그러한 터무니없는 에너지 소비량은 있어도 경제적 평등은 없고 빈부격차가 심한 도시이다).

『성장의 한계』에서 나타낸 강한 우려는 도넬라 메도스의 '세계 시민-마을의 현황 보고'의 중요한 부분이 되었다. 네트로어의 '100명의 마을'에서는 그것이 낳는 세계 경제의 불평등성과 폭력, 정치적 억압에 첫번째의 초점이 맞춰져 있다. 그러나 『성장의 한계』가 잘 인식했던 것처럼 이들은 서로 맞물려 있다.

그 책의 후기에 쓰여 있듯이 만일 부자 나라가 현재의 불평등 수준으로 경제 성장을 동결하자고 제안한다면 그것은 신식민지주의의 최종적인 행위라고 받아들여질 것이다. 내가 바로 앞에서 썼듯이 불평등이란 개발의 엔진을 움직이는 에너지의 원천이다. 반대로 말하면 불평등이 근본적으로 줄어들지 않는 한 이 엔진은 멈출 수 없다(물론 파멸에 의하여 멈추는 것을 제외하고).

이 파멸을 피하기 위한 변혁은 주로 부자 나라에서 일어나지 않으면 안 된다. 이것은 인류애라든가 죄악감이라든가 자선의 문제가 아니다. 인류의 미래에 대해 책임을 지는, 살아남기 위한 합리적이고 현실적인 계획의 채용인 것이다.

그렇지만 이런 것을 쓴다는 건 부끄럽다. 사람은 오히려 뭔가 오리지널한 것을 쓰고 싶은 법이다. 그러나 『성장의 한계』 출판 이래로 몇백 명, 아니 몇천 명의 저자들이 이 테마에 관해서 써왔다. 모든 매스미디어가 수없이 보도를 하였고 모두들 그에 관해 알고 있다. 1970년대나 1980년대에는 유행했지만 지금은 그냥 진부해져 버렸다.

그러나 유감스럽게도 진부해졌다고 해서 이 문제가 없어진 것은 아니다. '모두가 다 알고 있다'는 것은 사실이다. 그러나 이 지식이 기본적인 경제 정책에 영향을 주고 있지 않다는 것도 사실이다.

내가 바로 이 원고를 쓰고 있는 중에 신문에 다음과 같은 보도가 있었다(2002년 4월 19일). IMF는 예년의 세계경제 백서를 냈는데 내용 속에 '(경제 성장의) 세계적 감속이 바닥을 치고서 위로 오르기 시작했다'는 '낙관적인' 전망을 발표했다. 그리고 일본의 제로 성장률은 세계 경제에 있어서 문제가 있다고 간주하였고 어떻게 일본 경제를 재생시켜 플러스 성장률을 달성할 수 있을지에 대한 충고가 있었다. 이것을 보면 마치 『성장의 한계』 같은 책은 쓰여지지도 않았던 것 같다(여기에 관해서는 나중에 자세히 말하겠다).

왜 춤을 추는가

『세계가 만일 100명의 마을이라면』 중에 '그러니까 당신은 맛을 깊이 음미하며 노래를 부르세요. 신나게 맘껏 춤을 추세요'라는 내용이 있다. 어쩌면 독자 중에서는 이것을 자신들이 가난한 나라가 아니라 부자 나라 중 한 나라에서 태어난 것을 기뻐해야 한다고 해석한 사람이 있을지도 모른다.

만일 그렇다면 지금 우리가 놓여져 있는 상황을 상당히 오해하고 있다. 세계 경제 시스템으로부터 분리된 '일본 경제' 같은 것은 존재하지 않는다는 것을 이해하지 못하고 있다. 일본 경제는 가난한 나라들의 경제와 맞물려 서로 의존하고 있다. 『성장의 한계』에서 예언했던 위기가 가난한 나라를 덮칠 때 그것은 곧 일본에도 덮칠 것이다. 그러니까 '다행이다, 나는 가난하지 않아서!' 하고 춤을 추는 것은 상황에 맞지 않는다(이것은 한국에도 동일하게 적용될 것이다. 편집자 주).

그러면 왜 춤을 추는가?

『성장의 한계』의 집필자들은 균형이 잡힌 상태라는 사고방식을 설명하면서 먼저 무엇보다도 식량 생산에 보다 많은 노력을 쏟아야 한다고 하였다. 이것은 단순한 식량 생산고의 증가를 의미하지 않는다. 오히려 모든 사람에게 식량이 골고루 돌아가 기아와 영양실조가 없어지도록 생산을 관리하고, 토양을 고갈시키거나 오염시키지 않는 농법으로 바꿔나가야 한다는 것을 의미하고 있다(사람이 굶어 죽는데도 잡다한 물건을 만드는 데 힘을 쏟는다면 얼마나 불합리한 일인가).

그리고 교육이나 건강관리 등 사람을 돕고 자원을 고갈시키지 않으며 공해가 없는 서비스산업에 노력의 비중을 옮겨야 한다는 것이다. 또한 '예술, 음악, 종교, 기초적 과학 조사, 운동경기, 사람과의 만남' 그리고 이와 같은 활동을 할 수 있는 여가시간에 대해서도 언급했다.

춤추는 것은 이러한 종류의 활동을 칭하는 상징이 될 수 있다. 춤추고 있을 때는 소비하지 않고 아무것도 사지 않고 자원을 써버리지 않고 오염을 시키지 않고 아무도 착취하지 않는다. 춤추고 있을 때는 경제로부터도 경제적인 생활방식으로부터도 떨어져 있다.

또한 춤추는 데에 여가는 필요하지만 부는 필요하지 않다. 춤추는 것은 타인의 가난에 의존한다거나 지구를 파괴하지 않고서도 사람들에게 즐거움과 만족을 주는 수많은 활동의 상징이 될 수 있다.

『성장의 한계』에서 요구한 '사고방식의 코페르니쿠스적 전환'이란 부자 나라 사람들이 도덕적인 이유 때문에 스스로 가난한 생활로 돌아가야 한다는 뜻이 아니다. '부'나 '빈곤'이라는 말의 개념 자체가 변혁되어야 한다는 뜻이다.

춤추는 것은 경제발전이 결코 가져올 수 없는 부의 형태를 대표한다. 다시 말해 춤춘다는 것은 문자 그대로 음악에 맞춰 춤추는 것만을 의미한 것이 아니고 여러 종류의 자유로운 자기표현의 상징이다.

'사고방식의 코페르니쿠스적 전환'에는 다음과 같은 인식도 포함될 것이다. 우선 주로 일 중독과 소비 중독으로 되어 있는데, 주된 만족이 '출세할 것', '타인보다 뛰어나야 할 것', '새것을 구입하는 것'인 생활은 가난하다. 그러나 설령 물질적으로는 검소할지라도 춤이나 노래, 음악, 예술, 사랑, 우정, 또한 다른 형태의 자기표현을 위해 쏟을 수 있는 많은 여가와 시간이 있는 생활은 풍요롭다.

당신의 마을을 사랑한다는 것은?

'100명의 마을'은 '보다 많은 사람들이 자신의 마을을 사랑하는 일을 안다'라는 희망적인 여운을 남긴다. 물론 여기서 '마을'이란 지구를 가리키고 있으며, 특정한 나라나 국가와

정부를 지칭하는 것이 결코 아니다.

그러나 한편으로 한번도 본 적이 없는 것을 사랑하기는 어렵다. 또 이 지구라는 혹성의 모든 장소를 본 사람은 아무도 없다. 설령 여러 장소에 여행한 적이 있다 해도 자신이 자란 곳이나 살고 있는 곳을 사랑하는 것이 가장 간단하다.

'고향이 어디세요?'라는 표현이 있듯이 나라(일본어로 '고향'은 '나라'라는 뜻도 있다. 옮긴이 주)란 원래 고향이나 마을을 의미하는 것을 생각해보면 애국심이란 특별히 나쁜 것은 아니다.

지구를 사랑한다는 것은 이 골짜기, 이 강, 이 숲, 이 산, 이 해안선을 사랑하는 일로부터 시작된다. 그러한 지구에 실재하는 것들에 대한 구체적인 애정이 없다면 '지구에 대한 사랑'이란 추상개념이 되어버린다.

'애국심'이 정부나 국가를 사랑하는(실제는 무서워하는) 건강하지 못하고 흉한 감정으로부터 강이나 산이나 해안이라는 것을 사랑하는 방식으로 바뀌어 한번 정의되고 나면 그후로 애국심은 (현재와 같이) 지구를 파괴하는 힘으로부터 지구를 보호하기 위해 일하는 힘으로 변할 것이다.

사람들은 산을 깎아내리고 숲을 베어내고 바다를 매립하는 불도저를 보내는 개발업자를 애국심이 결여되어 있다고 보게 될 것이고, 반대로 이러한 것들을 지키려 하는 사람들이 진정한 애국자로 보이게 될 것이다.

아직은 늦지 않았습니다

『성장의 한계』의 집필자들은 인구 증가도 경제 성장도 그 한계에 도달하는 것은 피할 수가 없다고 했다. 만일 성장이 의도적인 정책 변환에 의하여 멈출 수 없다면 결국 파멸로 인해 제지될 것이다. 지금 일본의 인구 증가도 경제 성장도 모두 제로이다. 이것은 파멸 때문도 아니지만 '사고방식의 코페르니쿠스적 전환'에 의하여 일어난 것도 아니다.

또한 이 두 가지 성장률이 제로라는 단순한 사실은 일본 경제가 균형잡힌 상태를 달성했다는 의미가 아니다. 구조적으로 일본 경제는 균형잡힌 경제 상태는 아니고 현재 성장하지 못하고 있는 성장경제이다. 즉 다른 자본주의 산업국의 경제처럼 일본 경제는 성장하고 있을 때 '적절하게' 기능하고 있는 것이다. 그러니까 제로 성장은 해결책이 아니라 위기로서 체험된다.

그러나 제로 성장은 일본에 특별한 기회를 제공하고 있다. 다시 성장시키는 일에 모든 힘을 소비하는 대신 경제학자, 비즈니스맨, 정치 지도자, 풀뿌리운동 조직이라든가 개인까지도 그러한 관심을 어떻게 하면 경제를 재편성하고 제로 성장의 수준으로 경제가 원활하고 공정하게(아무도 희생시키지 않고), 파괴적이지 않으면서 기능할 수 있는지를 생각하는 일로 이동시킬 수 있을 것이다.

이런 일은 불가능하다고 말해도 소용없다. 만일 우리가 파멸을 피하고 싶다면 이것을 가능하게 하는 것 외에는 방법이 없다. 도넬라 메도스와 그 동료들은 예언하였다. 만일 방치되면서 성장이 계속된다면 대략 100년 후 지구의 자원은 고갈되고 자연환경은 파괴될 것이라고.

그리고 30년이 지났다. 우리가 지금 청원서에 서명하거나 쓰레기를 분리하고 있다. 그러나 성장은 계속 정부나 기업, 주류 경제학자들의 정책이다. 예언했던 대로 자원은 대폭 감소되었고 자연환경은 상당히 오염되었고 파괴되어가고 있다. 예언했던 대로 빈부격차는 증가하여 많은 사람을 빈곤과 기아로 몰아넣고 경쟁, 대립, 증오를 조장했고 (예언했던 대로) 전쟁과 (국가, 비국가를 불문하고) 테러를 포함한 모든 종류의 폭력을 낳고 있다.

『세계가 만일 100명의 마을이라면』은 '아직은 늦지 않았습니다'라는 내용이 있다.

그러나 세계의 많은 부분에서는 이미 때가 늦었다. 많은 사람들에게 있어 파멸은 70년 후의 이야기가 아니라 이미 시작되고 있다. 자신의 문화가 파괴되는 것을 본 사람들, 기아와 이로 인해 생기는 폭력으로 죽은 사람들, 완전 멸종으로 '발전'해 나가는 동식물의 씨에 있어서도 이미 너무 늦은 것이다. 그렇지만『성장의 한계』속에서 예언한 종합적인 세계 규모의 붕괴를 피하는 데는 아직 시간이 있을지도 모른다.

만일『성장의 한계』를 쓴 저자들이 말한 대로 70년 후에 지구의 최종적인 위기가 올 때면 나도, 이 책의 대부분 독자들도 아무도 살아 있지 않을 것이다. 위기는 우리들 자식시대나 손자시대에 온다.

그때 그들은 우리를 어떻게 생각할까? 우리는 위기가 온다고 알고 있었고, 그것을 피할 기회가 있었는데도 적절한 방법을 취하지 않았음을 후손들이 알았을 때.

'세계가 만일 100명의 마을이라면' 뒷이야기
'The Village of 100 People' Report

글 · 이시카와 다쿠지

숫자는 살아 움직인다!

숫자에는 마력이 있다. 그 숫자가 충격을 주면 줄수록 사람들은 흔들린다. 헌데 그 숫자를 누가 보여준 것일까? 숫자는 수도꼭지를 틀면 나오는 것이 아니다. 나라라든가 조사기관, 여러 연구소가 숫자를 '만들고 있다'.

예를 들면 미국의 통계국이라는 조사기관에 가보면 여러 곳의 기관에서 조사한 세계 인구의 숫자를 늘어놓고 있다. 3000년 전부터의 통계인데, 기원 1년은 물론 현재에 이르기까지의 숫자가 일치하지 않는다. 전문가들은 세계 인구를, 아직 조사되지 않은 나라들의 인구까지 짐작해서 조사된 것 더하기 5억 명쯤으로 잡는 게 옳다고도 한다.

이 '세계가 만일 100명의 마을이라면 뒷이야기'에서도 여러 기관들에서 채집한 자료를 기초로 '100명의 마을'의 숫자가 만들어진 배경을 찾아보았다.

『세계가 만일 100명의 마을이라면』을 만들면서 e메일에 나온 숫자들을 다시 확인하고 정리했는데, 조사를 하면 할수록 새로운 숫자들이 나왔다. '100명의 마을'에 나온 숫자가 맞는 것도 있었지만 조금 고치는 쪽이 더 나은 숫자도 있었다. 도대체 어떤 '방법'으로 태어났는지 알 수 없는 숫자도 있었다.

원래 e메일에 나온 '100명의 마을'은 10년 전부터 생긴 것이어서, 인구를 100명으로 환산하는 도중 네티즌의 생각이 끼어들어간 부분도 있어서 꽤 틀린 부분이 있었다. 여기에 소개하는 여러 통계 자료들도 지금 알 수 있는 '100명의 마을' 숫자일 뿐이다. 다만 거기에서 이런저런 세계의 현실과 여러 차원으로 '벌어지는 차이'가 분명히 있다.

숫자는 시시각각으로 변화하며 살아 있다. 이 글을 읽는 분들도 또한 스스로 나서서 그 숫자를 조사해 미래의 '100명의 마을' 숫자를 찾아보길 바란다.

→ Index 세계가 만일 100명의 마을이라면

중학교에 다니는 우리 큰딸 아이의 담임선생님은
반 아이들에게 하루도 거르지 않고 메일로
학급통신을 보내주십니다.
아주 멋진 선생님이시죠.
그 중에 너무나도
감동했던 글이 있어
여러분께도 보내려 합니다.
좀 길지만 양해해 주세요.

오늘 아침, 눈을 떴을 때
당신은 오늘 하루가 설레었나요?
오늘 밤, 눈을 감으며
당신은 괜찮은 하루였다고 느낄 것 같나요?
지금 당신이 있는 곳이 그 어디보다도
소중하다고 생각되나요?

선뜻, "네, 물론이죠" 라고
대답하지 못하는 당신에게
이 메일을 선사합니다.

이 글을 읽고 나면
주변이 조금
달라져 보일지도 모릅니다.

지금 세계에는 63억의
사람이 살고 있습니다.
그런데 만일 그것을
100명이 사는 마을로 축소시키면
어떻게 될까요?
100명 중

→ 1 p134

52명은 여자이고
48명이 남자입니다

→ 2 p142

30명은 아이들이고
70명이 어른들입니다
어른들 가운데 7명은
노인입니다

→ 3 p146

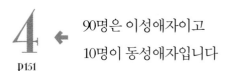

4 p151 90명은 이성애자이고
10명이 동성애자입니다

70명은 유색인종이고
30명이 백인입니다 **5** p156

6 p156 61명은 아시아 사람이고
13명이 아프리카 사람
13명은 남북 아메리카 사람
12명이 유럽 사람
나머지 1명은 남태평양 지역 사람입니다

33명이 기독교
19명이 이슬람교
13명이 힌두교 **7** p161
6명이 불교를 믿고 있습니다
5명은 나무나 바위 같은 모든 자연에
영혼이 깃들여 있다고 믿고 있습니다
24명은 또 다른 종교들을 믿고 있거나

아니면 아무것도 믿지 않고 있습니다

17명은 중국어로 말하고
9명은 영어를
8명은 힌디어와 우르두어를
6명은 스페인어를
6명은 러시아어를
4명은 아랍어로 말합니다
이들을 모두 합해도 겨우 마을 사람들의
절반밖에 안 됩니다
나머지 반은
벵골어, 포르투갈어
인도네시아어, 일본어
독일어, 프랑스어, 한국어 등
다양한 언어로 말을 합니다

↘ 8 p165

별의별 사람들이 다 모여 사는
이 마을에서는
당신과 다른 사람들을

이해하는 일
상대를 있는 그대로
받아들여주는 일
그리고 무엇보다
이런 일들을 안다는 것이
가장 소중합니다

또 이렇게도 생각해 보세요
마을에 사는 사람들 100명 중
20명은 영양실조이고
1명은 굶어 죽기 직전인데
15명은 비만입니다

9 ← p169

이 마을의 모든 부 가운데
6명이 59%를 가졌고
그들은 모두 미국 사람입니다
또 74명이 39%를 차지하고
겨우 2%만 20명이
나눠가졌습니다

↘ 10 p178

11
p182

이 마을의 모든 에너지 중
20명이 80%를 사용하고 있고
80명이 20%를 나누어 쓰고 있습니다

75명은 먹을 양식을 비축해 놓았고
비와 이슬을 피할 집이 있지만
나머지 25명은
그렇지 못합니다
17명은 깨끗하고 안전한 물을
마실 수조차 없습니다

12
p188

은행에 예금이 있고
지갑에 돈이 들어 있고
집안 어딘가에 잔돈이 굴러다니는 사람은
마을에서 가장 부유한 8명 안에 드는
한 사람입니다
자가용을 가진 사람은 100명 중
7명 안에 드는
부자입니다

13
p194

마을 사람들 중
1명은 대학교육을 받았고
2명은 컴퓨터를
가지고 있습니다
그러나
14명은 글도 읽지 못합니다

만일 당신이
어떤 괴롭힘이나
체포와 고문, 죽음을
두려워하지 않고
자신의 신념과 양심에 따라
움직이고 말할 수 있다면
그렇지 못한 48명보다
축복받았습니다

만일 당신이
공습이나 폭격, 지뢰로 인한 살육과
무장단체의 강간이나 납치를

14 ← p198

→ 15 p203

두려워하지 않는다면
그렇지 않은 20명보다
축복받았습니다

16
p206

1년 동안 마을에서는
1명이 죽습니다
그러나 2명의 아기가
새로이 태어나므로
마을 사람은 내년에
101명으로 늘어납니다

17 p211

이 메일을 읽는다면
그 순간 당신의 행복은
두 배 세 배로 커질 것입니다
왜냐하면 당신에게는
당신을 생각해서
이 메일을 보내준
누군가가 있을 뿐 아니라
글도 읽을 수 있기 때문입니다

하지만
그보다 더 큰 행복은
지금 당신이
살아 있다는 것입니다

옛날 사람들은 말했습니다
세상에 풀어놓은 사랑은
돌고 돌아 다시 돌아온다고

그러니까 당신은
맛을 깊이 음미하며 노래를 부르세요
신나게 맘껏 춤을 추세요
하루하루를 정성스레 살아가세요
그리고 사랑할 때는
마음껏 사랑하세요
설령 당신이
상처를 받았다 해도
그런 적이 없는 것처럼

먼저 당신이
사랑하세요
이 마을에 살고 있는
당신과 다른 모든 이들을

진정으로 나, 그리고 우리가
이 마을을 사랑해야 함을 알고 있다면
정말로 아직은 늦지 않았습니다
우리를 갈라놓는 비열한 힘으로부터
이 마을을 구할 수 있을 것입니다
꼭

1

world population
세계 인구

지금 세계에는 63억의
사람이 살고 있습니다

　세계 인구를 추정하는 것이 실제로는 그렇게 간단하지 않다. 일본의 국세조사처럼 정확하고 치밀하게 인구조사를 하고 있는 나라들이 세계에는 몇 안 되기 때문이다.

　국제연합 인구기금의 『세계인구 백서 2001』에 따르면, 선진 공업 지역(북미, 일본, 유럽, 호주, 뉴질랜드로 구성되어 있다)에 사는 인구는 전세계 인구의 약 20%에 지나지 않는다. 곧 80% 사람들이 개발도상국이라든가 후개발도상국(국제연합의 기준)에서 생활하고 있는 셈이고, 이 범주에 포함된 대부분의 나라들은 인구조사 자료가 여러 가지로 미비한 점이 있다고 한다.

그래도 실용적인 수준에서 어느 정도 정확하게 세계 인구를 추정할 수 있게 된 것은 인구학이라는 학문 분야의 성과 덕분이다. 불완전한 조사 자료를 평가하거나 간접 자료를 가지고 출생 수나 사망 수를 추계해내는 방법이 전보다 발전했다.

국제연합의 상설기관인 국제연합 인구부는 1951년부터 오늘까지 정기적으로 세계 인구추계(일정한 지역 안에 사는 인구를 미루어 짐작한 숫자)를 발표하고 있다. 이 반세기에 걸친 사업과 함께 인구학은 나날이 진보해 다양한 '인구 학문적 사

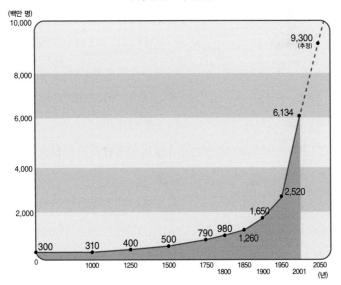

기원 1년부터 인구 폭증
미국통계국(USBC, 1995년)

실'이 밝혀졌다.

예를 들면, 기원 1년경 전세계의 추정 인구는 3억 명이었다. 인류는 탄생 이래 300여 만 년의 세월을 걸어 겨우 3억 명까지 늘었다는 것이다. 5억 명을 넘긴 것은 16세기 초였다.

인구 증가율은 세계에 농업이 널리 퍼지자 점점 높아져갔지만 그래도 그때까지는 2억 명을 넘기기 위해서 1500년이라는 세월이 걸렸다.

그런데 이 5억 명이 19세기 초에는 10억 명이 되었다. 겨우 300년 사이에 5억 명이나 늘어난 셈이다. 게다가 이야기는 그것으로 끝나지 않는다. 그 100년 뒤인 20세기 전반에 세계 인구는 20억 명을 넘고 말았다.

이때부터 인구가 얼마나 무시무시하게 늘었는지는 독자들도 잘 알고 있을 것이다. 1950년에 25억 명으로 추정된 세계 인구는 그후 50년 동안 36억 명이 늘어나, 2001년에는 61억 3천4백10만 명(『세계인구 백서 2001』)에 이르렀다. 그리고 간단히 전망해 보아도 2050년에는 93억 명에 도달할 거라는 예측을 해볼 수 있다.

그런데 『세계가 만일 100명의 마을이라면』에서는 세계 인구를 63억 명이라 했다. 2001년 12월 11일에 발행된 책으로서는 조금 많은 숫자가 아닌가라는 지적도 있었다.

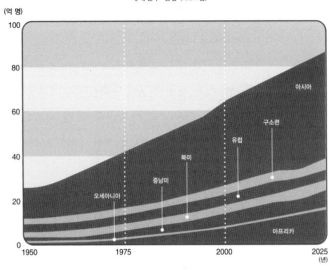

아시아와 아프리카의 인구는 엄청나게 늘었다

'세계인구 연감'(1992년)

(억 명)

아시아

구소련

유럽

북미

중남미

오세아니아

아프리카

1950   1975   2000   2025
(년)

분명히 국제연합 인구부는 2001년의 세계 인구를 61억 3천4백10만 명으로 했다. 원래대로라면 61억 명이거나 높게 잡는다해도 62억 명으로 하는 게 옳았다.

그런데도 63억 명이라는 숫자를 쓴 데는 까닭이 없는 것은 아니다. 61억 3천4백10만 명이라는 숫자는 이 문제에 관해 가장 믿을 수 있는 기관이 발표한 것이라고 해도, 어디까지나 그것도 추계치에 지나지 않기 때문이다.

확실히 조사되어 있지 않는 지역의 인구까지 합한다면 65억 명에 이른다고 추정하는 연구자도 적지 않다. 그런 설이 있다는 것을 고려해서, 61억과 65억의 중간 수치로 잡아 '지금 세계에는 63억의 사람이 살고 있습니다'고 한 것이다.

그런데 이 이야기를 하고 있는 동안에도 세계 인구는 끊임없이 늘어나고 있을 것이다. 세계 인구에 관해서는 국제연합 인구부뿐만 아니라 미국통계국이라든가 시카고 대학, 세계은행들도 추계를 내고 있다. 그런 기관들 중에는 인터넷 홈페이지에서 실시간 처리의 세계 인구 추계치를 공개하고 있는 곳도 있다.

덧붙여 미국통계국의 홈페이지(www.census.gov/cgi-bin/ipc/popclockw)로 들어가 현재(2002년 12월 3일 오전 9시 14분)의 세계 인구 추계치를 조사해 보니 62억 2천6백만 4588명으로 나온다. 독자가 이 책을 읽고 있는 지금의 추계치는 몇 명으로 되어 있을까?

빈곤과 인구 증가의 관계

세계는 1960년대에 들어섰을 때부터 겨우 이 무서운 인구 증가가 가져다줄 위기에 눈을 돌리게 되었다. 덧붙여서 1960년대 전반에는 세계 인구의 연 증가율이 인류 사상 처음으로 2%를 넘겼다.

2%라는 숫자를 만만하게 보아서는 안 된다. 여하튼 이 증가율이 100년 동안 이어지면 세계 인구는 7배로 늘어나고, 200년 동안 이어지면 52배로 늘어나버린다.

곧 적어도 계산상으로 1960년의 인구 증가율이 그대로 이어졌다면 2060년의 세계 인구는 210억 명이 될 것이고, 2160년에는 실로 1560억 명에 이르게 된다.

1970년대로 접어들어 세계 전체가 인구 문제를 적극 검토하기 위해 국제회의를 열게 되었는데, 사실 이 시점에서는 아무리 낙관주의자라 해도 이미 세계가 위기에 맞부닥치고 있다는 사실을 인정하지 않을 수 없었다.

그리고 350만 년의 인류 사상 한 번도 생각해보지도 않았던 기발하고도 아주 근원적인 의문이 제기되었다.

'이 행성은 도대체 인간을 얼마만한 숫자까지 살게 할 수 있을까?'

1972년에 도넬라 메도스가 발표한 『성장의 한계』(The Limits to Growth)는 바로 이 의문에 최초로 대답한 것이다. 거기서 밝혀진 사실 한 가지는 남북 문제가 인구 문제를 해결하는 데 큰 장애가 된다는 것이다.

선진국과 개발도상국의 인구 증가율은 큰 차이가 난다. 보통 여러 선진국에서는 인구가 적게 늘어나는 반면에 대부분의

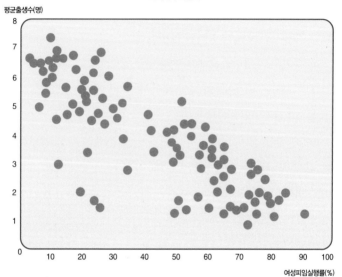

피임으로 출생 수를 줄인다
세계인구위원회

평균출생수(명)

여성피임실행률(%)

개발도상국에서는 인구가 폭발이라 할 정도로 늘어나고 있다. 이것은 여러 선진국과 개발도상국의 경제력 차이를 더욱 넓히는 원인이 되었다.

가난한 지역에서는 아이를 노동력으로 보는 사고방식이 뿌리깊이 박혀 있는데, 그 또한 인구가 느는 데 한몫 거들고 있다. 빈곤이 개발도상국의 인구 폭발을 조장했고, 그 결과 더욱더 빈곤이 심해져 이제는 손을 댈 수도 없는 지경에 이르는 악순환이 되고 있다.

물론 개발도상국 사람들에게 아이를 적게 갖자는 사고방식
이나 피임 지식을 퍼뜨려 인구가 늘어나는 것을 막을 수도 있
다. 실제로 그런 노력이 예상보다 큰 효과를 올리고 있기도 하
지만(왼쪽 그림 참조), 세계에는 피임을 하려고 해도 콘돔조차
살 수 없는 사람들이 몇억 명이나 있다는 것 또한 사실이다.

2

sex

성별

52명은 여자이고
48명이 남자입니다

2000년판 『세계 인구 전망』(World Population Prospects)
에 따르면, 세계의 남성 총수는 30억 5천1백9만 9천 명이고 여
성은 30억 5백61만 6천 명이다. 곧 남성이 4천5백만 명쯤 많다.
백분율로 나타낸다면 남성이 50.375%, 여성이 49.625%다.

100명의 마을로 환산하면 '50명은 여자이고 50명이 남자입
니다'가 된다. 여성이 4명(현실 인구로 고치면 약 2억 5천만
명)이나 많다는 기술은 이 통계치와 엇갈려 있다.

이것은 『세계가 만일 100명의 마을이라면』의 원형이 된 영어
판 메일에 나오는 숫자를 그대로 인용해 버린 까닭이다. 『세계
가 만일 100명의 마을이라면』이라는 작품이 어디까지나 인터

넷에 오른 글이고 숫자는 사실에 바탕을 둔 픽션(허구)이라는 것은 책 뒷부분에도 밝혀져 있다. 숫자의 정확성보다도 메일의 주제를 소중하게 여긴다는 것이 이 책을 만들 때의 기본 방침이었다.

그러나 다른 숫자는 되도록 각종 통계 자료를 참고해 실제에 가까운 숫자로 고쳤는데, 왜 세계 인구의 남녀 비율이라는 기본 수치에서 이런 차이가 생긴 것일까? 그리고 영어판 메일에는 왜 이런 숫자를 쓴 것일까?

덧붙이면 도넬라 메도스의 칼럼 '마을의 현황 보고'에는 인구의 남녀 비율에 관한 건 없다. 생각할 수 있는 것은 누군가가 이 내용을 메일에 보태면서 미국 인구의 남녀 비율을 참고로 썼다는 것이다.

보통 선진국에서는 남성보다 여성이 많은 편이다. 메일이 쓰였다고 짐작되는 1990년대 초 미국의 인구(1991년 추계인구)는 여성이 1억 2천9백19만 8천 명, 남성이 1억 2천2백97만 9천 명이었다. 곧 여성 51.2%, 남성 48.8%로, 100명 마을의 '여자 52명, 남자 48명'이라는 숫자에 아주 가까워진다. 이 수치를 그대로 100명의 마을 남녀 수에 썼을 가능성이 높다.

인류 전체의 남녀 인구 비율은 순수한 생물학 요인만으로 정해지지 않는다. 실제로 그것을 결정짓는 것은 문화 또는 경제

요인이다. 그러므로 남녀 비율은 나라마다 매우 다르다.

아시아 사람으로서 처음으로 노벨 경제학상을 받은 아마르 티아 센 박사는 1990년에 발표한 논문 '1억 명 이상의 여성들이 사라지고 있다'(More than 100million Women Are Missing) 에서 다음과 같은 지적을 했다.

'미국와 유럽에서는 여성의 인구가 대충 남성의 1.05~1.06 배다. 남아시아와 서아시아, 중국에서는 이 비율이 역전되어

남한은 항상 남성 인구가 많았지만 최근 여성 인구가 증가하는 추세이다
대한민국 통계청 · 서울의 통계(2002. 12. 7)

단위 : 천 명

년	총인구	남성 인구	여성 인구	성비(%)
2001	47,343	23,835	23,508	101.4
2000	47,008	23,667	23,341	101.4
1995	45,093	22,705	22,388	101.4
1990	42,869	21,568	21,301	101.3
1985	40,806	20,576	20,230	101.7
1980	38,124	19,236	18,888	101.8
1970	32,241	16,309	15,932	102.4
1960	25,013	12,551	12,462	100.7
1940	23,709	11,976	11,733	102.1
1930	20,257	10,320	9,937	103.9
1920	17,289	8,909	8,380	106.3
1910	13,312	7,056	6,256	112.8

▪ 성비는 여성 100명에 대한 남성의 비율이다.

여성의 인구는 남성의 0.94배 또는 그 이하이다.'

센 박사는 그 원인으로 여성의 사망률이 이런 나라에서는 '깔봄과 불평등' 때문에 본래 있어야 할 수치보다 높아졌기 때문으로 들었다. 박사의 말대로라면 '1억 명 이상의 여성들(그들의 생명)이 사라지고 있다'는 이야기가 된다.

남성과 여성이 평등한 대우를 받는 곳에서는, 여성이 훨씬 높은 생존율을 나타내는 편이라고 박사는 주장한다. 미국과 유럽의 남녀 인구 비율이나 여성의 평균 수명을 보더라도 박사의 주장은 일리가 있는 듯하다. 바람직한 사회에서는 여성 인구가 많아진다. 곧 '여자 52명, 남자 48명'은 100명의 마을 현황이 아니라 인류가 목표로 해야 할 남녀 비율이었다.

덧붙여 일본에서 여성 수가 남성 수보다 많아진 해는 1937년이었다. 2000년의 일본 국세조사에서는 여성이 51.2%, 남성이 48.8%로 되어 있다.

반면 한국에서는 지금까지 항상 남성의 수가 여성의 수를 앞서고 있지만 1910년 통계에서 남성이 53%, 여성이 47%이던 것이 2001년에는 남성이 50.3%, 여성이 49.7%로 여성 인구가 점차 증가하는 추세이다.

3

age
나이

30명은 아이들이고 70명이 어른들입니다
어른들 가운데 7명은 노인입니다

여기서 말하는 아이들이란 만 0세부터 만 14세까지를 가리키고, 만 15세 이상을 어른, 만 65세 이상을 노인으로 구분하고 있다. 이것은 각종 통계에서 자주 쓰이는 구분이다. 도넬라 메도스의 칼럼에도 '1000명의 마을의 3분의 1(330명)은 아이들입니다. 그들 중, 반은 홍역이나 소아마비같이 충분히 예방할 수 있는 병에 걸려 있습니다. 마을 사람들 중 60명은 65세가 넘은 노인입니다'는 내용이 있다.

숫자가 미묘하게 다른 것은 메도스 박사가 이 칼럼을 썼을 때가 12년 전인 1990년이기 때문이다. 급격하게 인구가 늘어나는 현대에는(세계 인구는 이 10년 동안에 8억 명 가까이나 늘었다) 12년이나 지나면 인구 구조는 아주 많이 달라진다.

2000년 추계치에는 각 나이마다 인구 비율은 만 0~14세가 29.72%, 만 15~64세가 63.36%, 만 65세 이상이 6.91%로 되어 있다(『세계 인구의 성별과 나이 분포』, 국제연합 인구부, 1998년).

'30명은 아이들이고 70명이 어른들입니다. 어른들 가운데 7명은 노인'이라는 것이다. 메도스 박사의 칼럼과 비교하면 겨우 10년 사이에 어린이가 3% 남짓 줄고 노인이 1% 늘어난 것을 알 수 있다. 세계는 확실히 고령화되어가고 있다.

『세계가 만일 100명의 마을이라면』의 2050년판이 출판된다고 한다면 거기에는 이와 같이 쓰여질 것이다.

'20명은 아이들이고 80명이 어른들입니다. 어른들 가운데 16명은 노인입니다'(『세계 인구의 성별과 나이 분포』, 국제연합 인구부, 1998년의 추계로 계산).

그런데 앞으로 반세기 뒤의 미래, 지구의 인구 비율은 현재의 선진 공업 국가들의 인구 비율이기도 하다.

예를 들면 일본은 벌써 이 50년 뒤의 세계 비율을 넘겨버렸다. 현재의 일본이 만일 100명의 마을이라면, '15명은 아이들이고 85명이 어른들입니다. 어른들 가운데 17명은 노인입니다'(『인구추계 연보』, 일본 총무청 통계국, 1999년)라는 이야기가 된다.

세계 각 나라 어린이들의 비율

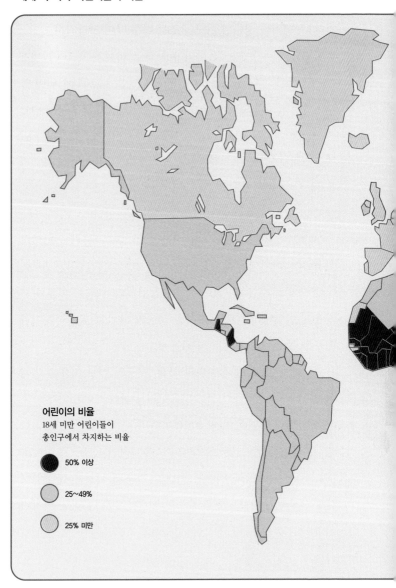

어린이의 비율
18세 미만 어린이들이
총인구에서 차지하는 비율

● 50% 이상

● 25~49%

○ 25% 미만

아래 지도는 '세계 어린이 백서 2000'(유니세프)을 참고로 해 간략화한 것이다.
실제의 국토,국경과는 조금 다를 수 있다.

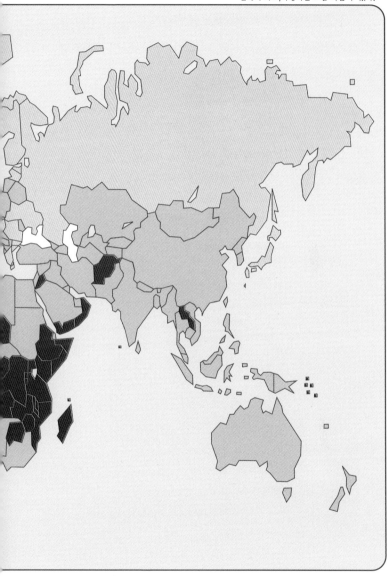

그러나 세계의 규모로 생각해보면 현대가 인류사상 가장 많은 젊은이들이 존재하는 시대이기도 하다. 1999년의 국제연합 인구부의 자료에 따르면 만 18세 미만의 전세계 젊은이의 인구는 21억 2천5백14만 3천 명에 이른다.

이것은 1930년대 지구의 전인구와 거의 비슷한 숫자이다. 그 87%, 곧 지구의 앞날을 짊어질 젊은이의 대부분(실로 18억 5천 7백58만 4천 명에 이른다)은 개발도상국에 살고 있다.

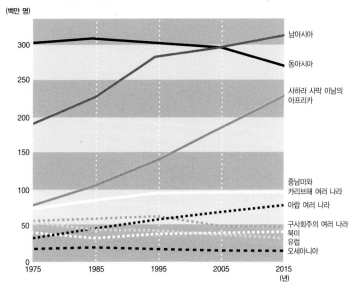

지역별 만 6~14세의 추정 인구
국제연합 세계인구조사 자료(1996년) · '세계교육 백서' 유네스코, 1998년)

(백만 명)

300 — 남아시아

250 — 동아시아

사하라 사막 이남의 아프리카

200

150

100 — 중남미와 카리브해 여러 나라

아랍 여러 나라

50 — 구사회주의 여러 나라
북미
유럽
오세아니아

0
1975   1985   1995   2005   2015
(년)

sexual love
사랑

90명은 이성애자이고
10명이 동성애자입니다

　당신은 이 숫자가 많다고 느끼는지, 아니면 적다고 느끼는 지? 유감스럽게도 이 문제에 대한 조사는 뒤떨어져 있다. 따라서 세계 규모의 조사는 아직 이루어지지 않았다. 그런데도 왜 이런 내용이 생긴 것일까.

　이 숫자의 근거는 분명 미국의 '통설'이다. 미국의 대다수 동성애자 단체가 동성애자의 비율로 10%를 주장하고 있는 것이다.

　1990년대 미국의 믿을 수 있는 성 조사 보고서 『미국의 성』(NHK 출판)은 10%라는 통설의 원천이 킨제이 보고서에 있다고 했다. 킨제이 박사는 유명한 그의 보고서에서 그가 면접 대상으로 삼은 백인 남성 중에 '만 16세부터 만 55세 사이에 동성과 성교를 한 기간이 3년 이상 되는 사람이 10%였다'고 발표했다. 그 뒤로 이 10%가 동성애자의 숫자로 퍼졌다고 한다.

그런데 이 킨제이 보고서에는 편향된 면이 있었다는 것이 최근에 지적되고 있다. 킨제이 박사가 면접한 사람들은 스스로 지원한 사람이거나 다른 회답자가 추천해준 사람들이었다. 곧 이 조사 결과에는 성생활에 관해서 이야기하기를 꺼리지 않는 사람들이 많이 포함되어 있었다. 면접 대상에 그런 편향이 있는 이상, 조사 결과가 그대로 현실 사회를 반영하고 있다고는 할 수 없다.

그러면 '10명이 동성애자'란 틀린 말인가? 결론을 먼저 말하면, 반드시 틀렸다고 단정할 수는 없다. 이렇게 말하는 까닭은, 동성애를 엄밀하게 정의하는 것이 상당히 어렵기 때문이다.

예를 들면, 동성과 한 번만 성교를 한 사람은 동성애자인가, 아니면 이성애자인가. 또는 성관계를 갖지 않아도 정신으로 동성을 사랑하는 사람도 있다. 그런 사람은 어느 쪽인가?

동성애인가 이성애인가 하는 문제는 흰색인가 검은색인가를 구별하는 것과 같이 둘 중 하나를 선택할 수 있는 문제가 아니다. 『미국의 성』에 따르면 자신을 동성애자 또는 양성애자(바이섹슈얼)라고 생각하는 남성은 2.8%였다. 10%와는 조금 거리가 있는 숫자이다.

그러나 이 조사에 참여한 남성의 5% 이상이 성적으로 동성에 끌린다고 대답했다. 또한 사춘기 이후 한 번이라도 동성과 성교를 한 적이 있다고 대답한 남성은 9%에 이른다(여성에게 같은 질문을 해도 조금 적은 숫자이긴 하지만 같은 대답이 나왔다).

1995년에 츠쿠바 대학의 무나카타 고지 교수팀이 일본 청소년들을 조사했더니 20.2%가 성적으로 동성에 끌린 적이 있다고 대답했고, 10.1%가 동성에게 성적인 흥분을 느껴 몸을 서로 만진 적이 있다고 대답했다. 성적으로 동성에게 끌리는 사람을 동성애자라고 정의한다면, '10명이 동성애자'라는 말이 진실과 그리 멀다고 할 수 없다.

그러나 이 문제는 동성애자가 몇 명 있는가 하는 것보다 더 중요한 일이 있다. 그것은 이 지구에는 이성애자들이 예상하고 있는 것보다 분명 더 많은 동성애자들이 살고 있다는 것을 아는 일이다.

단지 그 숫자가 적다고 해서 그들은 오늘도 불합리한 모욕이나 박해를 받고 있다. 사회는 동성애자를 세상에 없는 사람들처럼 생각해 버린다.

예를 들면 우리는 교실 같은 공공장소에서조차도 "(업신여기는 뜻을 담아) 너, 호모 아냐?"라든가 "레즈비언 아냐?"라는 소리를 가끔 듣지 않는가(그 교실에 학생이 40명이라면 4명은 동성애 경향이 있을지도 모르는데!).

사람은 자기 의지로 이성애자가 되거나 동성애자가 되는 것이 아니다. 남자로 태어날 것인가, 여자로 태어날 것인가를 스스로 결정할 수 없는 것과 마찬가지로.

만일 당신이 동성애자라면 그것을 잘 알고 있을 것이다. 만일 당신이 이성애자이고, 게다가 그것을 이해할 수 없다면 당신이 마음속 깊이 진심으로 사랑하는 사람을 떠올려보자. 당신이 그 사람을 사랑한다 해서 남들에게 모욕을 당하거나 박해를 받는다면 그 심정이 어떨지.

사춘기에 접어들어 자신이 동성애자인 것을 알게 된 젊은이들 대부분은 그 사실을 사람들에게 숨기면서 혼자서 끙끙거린다. 사회가 동성애를 도무지 이해하지 못하고 심지어 오해까지 해서, 그들은 자신을 혐오하게 되어 종종 살아갈 희망까지도 잃어버린다. 그 결과로서……

미국에서는 다섯 시간에 한 사람 비율로 사춘기의 동성애자들이 자살한다. 사춘기에 자살한 젊은이들 중 실제로 30%가 동성애자라는 통계도 있다(미국 보건사회복지청, 1989년).

이 사실을 세계에 알리기 위해 인터넷에서 하얀 리본 캠페인(http://wrcjp.org)이라는 운동이 일어나고 있다.

사춘기라는 미묘한 시기에 소년들이 자기가 동성애자라는

사실을 알게 된 뒤 받을 커다란 고통을 상상해보는 일은 누구에게나 다 중요한 일이다. 전세계의 심리학자들이 인정하고 있듯이, 동성애는 '치료'할 수가 없을 뿐만 아니라 그것을 치료하려는 것은 아주 야만스러운 짓이라고까지 할 수 있다.

그들에게 먼저 전해야 할 것은 '동성애자는 당신 한 사람뿐만이 아니다'라는 것, 그리고 '동성애는 이상한 일이 아니다'라는 두 가지 이야기이다. 하지만 얼마만한 숫자의 소년들이 바르게 이 말을 받아들일 수 있을까?(http://sukotan.com)

5,6

races & area

인종과 지역

70명은 유색인종이고 30명이 백인입니다
61명이 아시아 사람이고 13명이 아프리카 사람
13명은 남북 아메리카 사람 12명이 유럽 사람
나머지는 남태평양 지역의 사람입니다

『세계인구 백서 2001』(국제연합 인구기금)에 따르면, 2001년의 각 지역 인구는 다음과 같다.

아시아인 37억 2천70만 명(100명의 마을로 환산하면 60.7명)

아프리카인 8억 1천2백60만 명(13.2명)

남북 아메리카인 8억 4천3백69만 명(13.8명)
(이들 중 북미의 인구는 3억 1천7백10만 명)

유럽인 7억 2천6백30만 명(11.8명)

남태평양 지역(오세아니아) 3천90만 명(0.5명)

인종 수 계산도 간단하지가 않다. 미국과 유럽의 여러 나라에도 유색인종이 살고 있고, 그 반대로 아시아라든가 아프리카에도 백인이 살고 있다. 부모나 조상 중에 백인과 유색인종이 모두 들어 있는 사람들을 어느 쪽으로 계산해야 하는가 하는 문제도 있다.

세밀하게 파고들어가면 한이 없으므로 대강 계산해보기로 한다. 유럽과 북미, 그리고 오세아니아에 사는 사람들을 전부 백인으로 치고 아시아와 아프리카, 남미에 사는 사람들을 유색인종으로 친다.

그렇게 하면 유색인종이 50억 5천9백80만 명, 백인이 10억 7천4백30만 명이 된다. 이것을 100명의 마을로 환산하면 유색인종은 82.5명, 백인은 17.5명이다.

2001년의 추계치에 맞춰보면 '83명은 유색인종이고 17명이 백인입니다'는 쪽이 더욱더 지금 상태에 가까운지도 모른다.

그런데 이 숫자를 50년 전의 숫자와 견주어 보자. 1950년 각 지역의 인구는 다음과 같다(『세계인구 통계 2000년 수정판』, 국제연합 인구부).

아시아인 13억 9천9백만 명(100명의 마을로 환산하면 55.5명)

아프리카인 2억 2천1백만 명(8.8명)

남북 아메리카인 3억 3천9백만 명(13.5명)
(이들 중 북미의 인구는 1억 7천2백만 명)

유럽인 5억 4천8백만 명(21.8명)

남태평양 지역(오세아니아) 1천3백만 명(0.5명)

    동일한 방법으로 유색인종과 백인종의 비율을 100명의 마을로 환산하면, '71명은 유색인종이고 29명이 백인입니다'가 된다.

    최근 50년 동안 유럽 사람의 비율이 반 가까이까지 줄어들고 아프리카 사람과 아시아 사람의 비율이 그만큼 늘어난 셈이다. 유럽에서는 인구가 2억 명 정도밖에 늘지 않았지만 아프리카에서는 약 6억 명, 아시아에서는 23억 명이나 늘어난 것이다. 앞서 말한 대로 미국과 유럽 여러 나라들과 일본에서는 인구 변화가 이미 안정되었지만, 아프리카나 남아시아의 대부분 나라에서는 인구 증가율이 줄곧 높은 수준이다.

    인구 증가율은 근대화에 따라 3단계로 바뀐다고 흔히 말한다. 1단계에 있는 나라는 출생률도 사망률도 모두 높다. 따라서 거의 인구가 늘지 않는다. 예를 들면 에도 시대의 일본이 그랬다. 에도 시대 360년 동안 일본의 인구는 거의 3천만 명대로 안정되어 있었다.

    2단계로 들어가면 의료 수준이 발달해 사망률이 낮아진다. 출생률은 여전히 높기 때문에 인구가 빠르게 늘어난다. 지금 대부분의 개발도상국이 이런 형편이다.

지역별 인구와 추정 인구

'세계인구 백서 2001' (국제연합 인구기금)

지역	인구(2001년) (백만 명)	추정 인구(2050년) (백만 명)
아프리카 전체	812.6	2,000.4
동아프리카	256.7	691.1
중앙아프리카	98.2	340.6
북아프리카	177.4	303.6
남아프리카	50.1	56.9
서아프리카	230.3	608.1
아시아 전체	3,720.7	5,428.2
동아시아	1,491.8	1,665.2
동남아시아	529.8	800.3
남·중앙아시아	1,506.7	2,538.8
서아시아	192.4	423.9
유럽 전체	726.3	603.3
동유럽	302.6	222.7
북유럽	95.2	92.8
남유럽	145.1	116.9
서유럽	183.4	170.9
중남미 카리브해 전역	526.5	805.6
카리브해	38.3	49.8
중미	137.5	220.2
남미	350.7	535.5
북미 전체	317.1	437.6
오세아니아 전체	30.9	47.2

그리고 3단계에서는 출생률도 떨어져 사망률과 균형을 이룬다. 따라서 인구 증가가 멈추고 안정이 된다. 현대의 유럽이라든가 일본이 이 3단계에 있다.

지금 지구에는 1단계에 있는 나라는 없다. 모든 나라가 2단계 또는 3단계에 있다. 인구 폭발을 멈추게 하려면 2단계의 나라들을 어떻게든 3단계로 끌어올려야 하는데, 이것이 잘 안 된다. 환경학자 레스터 브라운은 이 문제 때문에 미래를 위기라 예측하고 있다.

'만약 각 나라가 앞으로 수십 년 동안 인구 증가의 중간 단계(2단계)에서 벗어나지 못하면 결국 급속한 인구 증가가 자연 시스템을 압도해 경제 쇠퇴를 낳을 것이고, 그런 다음 사망률이 올라가 사회를 1단계로 되돌려 놓을 것이다'(『에코 이코노미』, 레스터 브라운).

남미와 남아시아 각 나라에서 이대로 높은 인구 증가율이 유지된다면, 페스트가 퍼져서 인구가 3분의 2로 줄어들었던 중세 유럽의 암흑시대가 현대에 다시 되살아나지 않는다고 장담할 수 없을 것이다. 벌써 아프리카에서는 에이즈가 퍼지면서 그 징조가 나타나기 시작했다.

religion
종교

33명이 기독교 19명이 이슬람교
13명이 힌두교 6명이 불교를 믿고 있습니다
5명은 나무나 바위 같은 모든 자연에
영혼이 깃들여 있다고 믿고 있습니다
24명은 또 다른 종교들을 믿고 있거나
아니면 아무것도 믿지 않고 있습니다

도넬라 메도스 박사의 칼럼에는 '300명이 기독교, 175명이 이슬람교, 128명이 힌두교, 55명이 불교, 그리고 47명이 토속신앙을 믿고 있습니다. 나머지 210명은 그 밖의 다양한 종교를 갖고 있거나 무신론자입니다'라고 씌어 있었다.

미국에서 돌고 있던 메일에서는 이것이 간략하게 되어 '70명이 기독교도 이외의 사람들이고 30명이 기독교도'로 되어 있었다. 그것은 '세계 전체로는 기독교도가 오히려 소수파다'는 뜻으로, 아마도 기독교인 측의 겸허한 말일 것이다.

그런데 『세계가 만일 100명의 마을이라면』에서는 굳이 메도스 박사의 칼럼 형태로 되돌렸다(그러나 '그 밖의 다양한 종

세계의 종교별, 대륙별 종교 인구의 추계(1990년)

	아시아	아프리카	오세아니아	북미	유럽	종남미	세계 합계(%)(천 명)
기독교	252,800	310,600	22,000	235,500	518,800	419,078	1,758,778(33.2)
가톨릭	118,900	116,670	7,980	95,600	266,580	390,050	995,780(18.8)
프로테스탄트	78,380	82,900	7,310	94,900	83,200	16,600	363,290(6.9)
그리스정교	3,516	27,100	560	5,920	128,510	1,696	166,942(3.2)
앵그리컨교	680	25,500	5,560	7,230	32,760	1,250	72,980(1.4)
이슬람교	612,768	264,132	100	5,600	51,100	1,300	935,000(17.7)
힌두교	700,448	1,400	350	1,250	702	850	705,000(13.3)
불교	301,215	20	25	550	670	520	303,000(5.7)
중국민간신앙	179,717	12	20	120	61	70	180,000(3.4)
신흥종교	136,009	2	10	1,400	51	510	138,000(2.6)
부족종교	24,000	64,006	65	40	1	900	92,012(1.7)
시크교	17,578	25	9	250	231	8	18,100(0.3)
유대교	5,375	320	95	6,900	3,660	1,050	17,400(0.3)
합계	3,108,476	647,518	26,476	275,880	785,732	448,096	5,292,178(100.0)

* 비율은 세계 종인구를 100으로 했을 때의 %. 유럽에서는 구소련을 포함. 합계는 무종교, 무신론자와 그 밖의 종교 신자를 포함.

교', 예를 들면 유대교라든가 시크교, 신교도 기독교에 들어간다는 것을 생각하면 아직도 대강 묶은 것은 분명하지만).

종교는 개인과 공동체를 그 정체성의 깊은 부분에서 지탱하고 있다. 가족이나 친구와 결합된 것이기도 하고, 조상과 정신으로 연결되는 것이며, 어떤 사회는 그 존재 자체가 종교로 보증받고 있는 경우도 적지 않다.

개인의 정체성과 깊이 관련되는 만큼 다른 종교를 믿는 사람들 사이의 대립이 종종 심각해져서 그것이 분쟁이라든가 전쟁으로 발전하는 일도 많다. 유감스럽게도, 냉전 구조가 무너진 뒤 세계에서는 종교간의 대립이 깊어지는 경향마저 있다.

팔레스타인 문제는 이제 지구 전체의 고민거리가 되었다. 인도의 힌두교와 이슬람교의 대립은 단순한 대립의 단계를 넘어 폭동으로까지 나아갔고, 러시아에서도 가톨릭 교회와 러시아 정교 사이에 충돌이 생기고 있다.

물론 종교에 그 모든 책임이 있는 것은 아니다. 종교 대립의 뒷면에는 그 대립을 조장하고 이용하려는 정치적이고 경제적인 의도가 숨어 있는 게 보통이다. 종교가 다르다는 것이 분쟁이나 전쟁의 대의명분이 되어 있는 건 사실이지만, 그렇다손 치더라도 종교라는 이름 아래 사람과 민족이 대립하는 모순은 비극이므로 꼭 해결되어야만 한다.

그 첫걸음은, 세계에는 다양한 종교가 있고 다양한 종교를 믿는 사람들이 있다는 것을 아는 일이다. 종교는 달라도 자신과 식구들의 행복을 바라는 마음에는 차이가 없으니까.

그리고 살인을 인정하는 종교는 이 세상에 없다는 사실을 지금 다시 확인할 필요가 있다. 종교 차이로 대규모 살인, 곧 내전이나 국가간 전쟁을 일으키는 일 속에는 반드시 다른 요인이 숨어 있음을 찾아내는 일이 중요하다.

언어

17명은 중국어로 말하고 9명은 영어를
8명은 힌디어와 우르두어를 6명은 스페인어를
6명은 러시아어를 4명은 아랍어로 말합니다
이들은 모두 합해도 겨우 마을 사람들의 절반밖에 안 됩니다
나머지 반은 벵골어, 포르투갈어, 인도네시아어, 일본어,
독일어, 프랑스어, 한국어 등 다양한 언어로 말을 합니다

언어에 관한 기술은 도넬라 박사의 칼럼에는 있었으나 인터
넷을 떠돌던 메일에서는 없어졌다.

『세계가 만일 100명의 마을이라면』에서는 이 내용을 되살리
기로 했다. 각 언어를 쓰고 있는 사람들의 비율은 칼럼 내용의
숫자에 따랐다.

도넬라는 칼럼에 이렇게 썼다. '마을 사람들이 서로 마음을
터놓는다는 게 참 어렵습니다. 165명이 중국어로 말하고, 86명
은 영어를, 83명은 힌디어와 우르두어를, 64명은 스페인어를,
58명은 러시아어를, 37명은 아랍어로 말합니다. 이것은 겨우,
1000명의 마을 사람 중 500명 남짓 되는 사람들의 모국어만 살

세계에서 쓰이고 있는 주요 언어

실(SIL) 인터내셔널 '민속언어학지'(1999년)

순위	언어	사용 인구 (천 명)	비율 (%)	모국어
1	중국어(북경어)	885,000	14.80	중국
2	영어	334,000	5.58	영국
3	스페인어	332,000	5.55	스페인
4	벵골어	189,000	3.16	방글라데시
5	힌디어	183,000	3.06	인도
6	러시아어	180,000	3.01	러시아
7	포르투갈어	176,000	2.94	포르투갈
8	일본어	127,000	2.12	일본
9	독일어(표준)	98,000	1.64	독일
10	중국어(오어)	77,175	1.29	중국
11	자바어	75,501	1.26	인도네시아
12	한국어	75,000	1.25	한국·북한
13	프랑스어	72,000	1.20	프랑스
14	베트남어	67,662	1.13	베트남
15	텔그어	66,350	1.11	인도
16	중국어(에츠어, 광동어)	66,000	1.10	중국
17	말라티어	64,783	1.08	인도
18	타밀어	63,075	1.05	인도
19	터키어	59,000	0.99	터키
20	우르두어	58,000	0.97	파키스탄
21	중국어(빈남어)	49,000	0.82	중국
22	중국어(북방어)	45,000	0.75	중국
23	구잘나티어	44,000	0.74	인도
24	폴란드어	44,000	0.74	폴란드
25	이집트·아라비아어	42,500	0.71	이집트
26	우크라이나어	41,000	0.69	우크라이나
27	이탈리아어	37,000	0.62	이탈리아
28	중국어(상어)	36,015	0.60	중국
29	말라야란어	34,022	0.57	인도
30	중국어(핫카어)	34,000	0.57	중국
31	칸나다어	33,663	0.56	인도
32	오리야어	31,000	0.52	인도
33	서펀잡어	30,000	0.50	파키스탄
34	순다어	27,000	0.45	인도네시아
35	동펀잡어	26,013	0.43	인도
36	루마니아어	26,000	0.43	루마니아
37	보자프리어	25,000	0.42	인도
38	남아젤바이잔어	24,364	0.41	이란
39	서페르시아어	24,280	0.41	이란
40	마이티리어	24,260	0.41	인도
41	하우사어	24,200	0.40	나이지리아
42	아라피아어	22,400	0.37	알제리아
43	버마어	22,000	0.37	미얀마
44	셀보크로아티아어	21,000	0.35	유고슬라비아
45	중국어(간어)	20,580	0.34	중국
46	아우디어	20,540	0.34	인도
47	타이어	20,047	0.34	태국
48	화란어	20,000	0.33	네덜란드
49	요르바어	20,000	0.33	나이지리아

펴본 것입니다. 나머지 사람들이 쓰는 말을 숫자가 많은 차례대로 보면 벵골어, 포르투갈어, 인도네시아어, 일본어, 독일어, 프랑스어, 한국어…… 이렇게 약 200가지가 넘는 말이 더 있습니다.'

이것을 미국의 언어학연구소인 실(SIL) 인터내셔널이 정리한 1999년의 '세계에서 쓰이고 있는 주요 언어'와 비교해 보면 조그마한 차이가 있다. 그것은 공용어와 사투리를 구별한 데서 온 것이다.

예를 들면, 중국에서는 공용어인 북경어 외에 오어, 광동어, 북방어, 상어, 그 밖의 몇 가지 말이 더 쓰이고 있다. 그 말들은 단어뿐만 아니라 문법까지도 다른 부분이 있기 때문에 실 인터내셔널은 그 말들을 개별 민족어로 보았는데, 도넬라는 사투리로 본 것이다.

곧 세계에는 사투리로 보기에는 차이가 너무 크고 개별 민족어로 구분하기에는 공통성이 너무 많은 언어들이 많다. 방언과 민족어를 엄밀하게 구별하기란 몹시 어려운 일이라는 게 언어학의 상식이다. 당연히 세계에 몇 종류의 말이 있는가 하는 단순한 문제에 대해서도, 2000가지 전후라는 설에서 6800가지라는 설까지 전문가에 따라 견해가 다르다.

그렇다고는 해도 도넬라 박사 칼럼의 '약 200가지가 넘는 말'이라는 기술은 지나치게 적게 보았다고 할 수 있다. 아니면 박사가 이처럼 쓴 것은 세계를 1000명의 마을로 했을 때 한 사람 이상, 곧 실제 숫자로 약 500만 명 이상의 사람들이 쓰는 언어가 200가지라는 뜻인지도 모른다. 어느 연구자는 100만 명 이상이 쓰고 있는 언어의 수를 250가지로 보고 있다(www.worldwatch-japan.org).

　어쨌든 한 가지 분명한 것이 있다. 언어의 수가 급속히 줄어들고 있다는 것. 세계에는 2500명 이하의 사람이 쓰는 언어가 넉넉잡아 약 3000가지쯤 있다. 그런 언어는 대부분 금세기 말이면 자취를 감출 것이다. 6800가지 언어(또는 방언) 중, 금세기 말까지 남을 말은 600가지 정도라고 예상하는 학자도 적지 않다.

food
식량

20명은 영양실조이고
1명은 굶어 죽기 직전인데
15명은 비만입니다

'20명은 영양실조이고'

이 표현은 조금 과장되었다는 설도 있다. 국제연합 식량농업기구(FAO)는 1996~1998년 동안 영양실조에 걸린 사람이 세계에 8억 2천6백만 명이 있다고 추정했다. 이것을 100명의 마을로 환산하면 14명이 되기 때문이다. 물론 세계의 비정부기구(NGO)나 연구자 중에는 이보다 더 많다고 보는 사람들도 있다.

예를 들면 월드워치 연구소의 레스터 브라운은 '오늘날 세계에 사는 61억 인구 중 11억 명은 영양실조로 몸무게가 적다'(『에코 에코노미』)고 했다. 그렇다고 해도 61억 명 중 11억 명은 100명의 마을로 보면 18명이므로 20명은 안 된다.

조금 높은 추정치를 쓰긴 했지만 '18명은 영양실조이고'라 하는 편이 적어도 일반 통계치에 가까웠을지 모른다. 영양실조라고 잘라 말할 수는 없지만 영양의 균형이 맞지 않는 사람들은 훨씬 많다.

칼로리는 필요량을 넘겨서 먹고 있어도, 지역에 따라서는 고기나 채소류가 적어서 비타민이나 미네랄 같은 영양소를 제대로 먹지 못해 다양한 장애를 일으키는 경우가 많다.

식량농업기구 통계에 따르면, 철분 부족으로 빈혈에 걸린 사람은 여성과 아이를 중심으로 약 15억 명이나 된다. 요오드 부족으로 몸의 조절 기능이 정상이지 않은 사람은 약 7억 4천만 명.

또 2억 명 이상이 비타민 A 부족이며, 그 중 250만 명(다섯 살 이하의 아이들)이 그 때문에 시각장애인이 되었다. 그런 경우까지 포함한다면 '영양실조'인 마을 사람 수는 20명을 훨씬 넘는다. 20명이란 이런 여러 가지 면을 감안한 수치인 것이다.

'1명은 굶어 죽기 직전'

영양실조의 정의는 '건강한 생활에 필요한 최저한의 칼로리를 계속해 섭취할 수 없기 때문에 줄어드는 상태'이다. 알기 쉽게 말하면, 영양실조가 되면 늘 배가 고프고 일과 공부에 집중할 수가 없게 된다. 어린이라면 잘 자라지 않게 되고, 임신부라면 태아와 산모 모두 위험하다. 다른 말로 하면 '굶주린 상태'다. 영양실조 인구란, 곧 굶주리고 있는 인구란 뜻이다.

식량농업기구는 세계의 여러 나라를 굶주리고 있는 인구의 비율과 굶주림의 심각성에 따라 5개 그룹으로 나누었다. '굶주림이 가장 심각한 그룹 5'에 속한 나라는 23개국이다. 그 대부분은 사하라 사막 이남의 아프리카 나라들이다.

이런 나라에서는 인구의 35% 이상이 심각한 굶주림으로 목숨이 위험하다. 그런 나라는 보통 정세가 불안정하고 국토가 황폐해져 있어 한 번 기상이변이나 내전 같은 것이 일어나면 금세 파국으로 치닫는다. 대량 난민이 생기고 국제 사회의 지원이 없으면 한꺼번에 몇천, 몇만 명이 굶어 죽을 수밖에 없는 상태가 되는 것이다.

국제연합 세계식량계획(WFP)은 1961년에 생긴 뒤로 세계에 굶주림을 없애기 위한 활동에 애써온 기관이다. 긴급 식량원조와 경제 사회 개발 식량원조라는 두 종류의 식량원조 활동을 하고 있다.

긴급 식량원조는 갑자기 일어난 자연재해라든가 전쟁, 지역 분쟁 같은 인위적 재해를 당한 난민에게 하는 원조이다. 식량

세계의 식량 부족의 정도별 분포(1996~1998년)

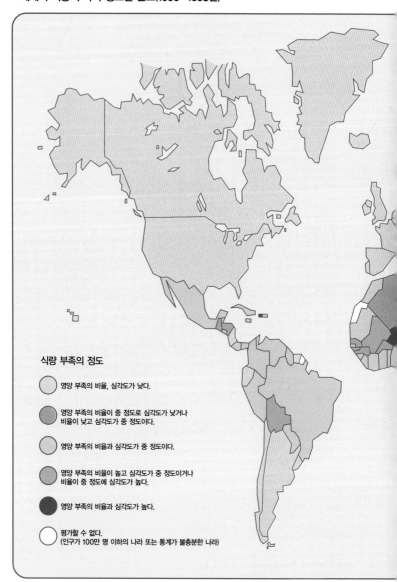

식량 부족의 정도

- 영양 부족의 비율, 심각도가 낮다.

- 영양 부족의 비율이 중 정도로 심각도가 낮거나 비율이 낮고 심각도가 중 정도이다.

- 영양 부족의 비율과 심각도가 중 정도이다.

- 영양 부족의 비율이 높고 심각도가 중 정도이거나 비율이 중 정도에 심각도가 높다.

- 영양 부족의 비율과 심각도가 높다.

- 평가할 수 없다.
  (인구가 100만 명 이하의 나라 또는 통계가 불충분한 나라)

아래 지도는 '세계의 식량 불안 현황 2000'(FAO)을 참고로 해 간략화한 것이다.
실제의 국토, 국경과는 조금 다를 수 있다.

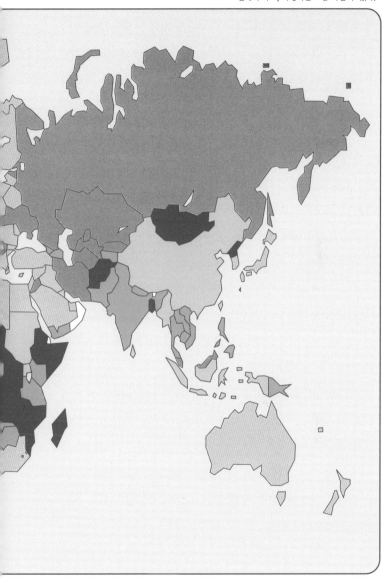

이 모자라 '당장 죽을 정도로' 굶주리고 있는 사람들에게 되도록 빨리 식량을 보내는 것을 사명으로 하고 있다. 2000년에는 4천3백만 명에게 긴급 식량원조를 하였다.

'15명은 비만입니다'

세계보건기구(WHO)의 발표에 따르면, 국제 기준에 따라 비만으로 분류된 사람은 10억 명에 이른다(100명의 마을로 환산하면 15.9명). 그 기준은 '체중(kg)÷신장^2(m)'의 식으로 계산되는 BMI값. BMI값이 25를 넘기면 비만, 30을 넘기면 비만증이 된다.

미국인의 61%가 이 기준에 따라 비만으로 분류된다고 한다('Prevalence of Control and Obesity Among Adults:1999' CDC). 유럽은 그 정도까지 심하진 않지만 그래도 전체 성인의 3분의 1은 비만이다.

굶주림으로 고통받고 있는 사람이 이렇게 많은데도, 세계의 한쪽에서는 비만이 고민인 사람들이 넘쳐난다. 게다가 그것은 선진국만의 문제가 아니다. 많은 개발도상국에서도 비만인 사람이 적지 않다. 더구나 도시 지역에서는 비만율이 선진국 수준에 거의 다가가 있다. 예를 들면 이란의 비만율은 40%, 콜롬비아는 30%에 이른다.

일본은 그다지 비만에 걸린 사람의 비율이 높지 않지만 그래도 이 문제와 무관하지 않다. 일본인은 식료품의 대부분을 수입산을 먹고 있는데, 1998년에는 공급 열량의 자급률이 선진국에서는 최하인 40%가 되고 말았다. 곡물이라든가 채소, 육류에서 어패류에 이르기까지 식료품을 엄청나게 수입하고 있다. 한편으로는 남은 식료품을 엄청나게 버린다.

일본 농림수산성의 통계 '2000년 버리는 식품량 통계 조사 결과의 개요'에 따르면, 일본인은 1명이 먹다 남은 음식을 하루 평균 159g 버린다. 슈퍼마켓이나 편의점에서 팔리지 않은 재고 식품의 양은 연간 700만 톤에 이른다. 이것은 세계의 식량 원조 총량의 70%에 이르는 양이다(『또 한 장의 세계 지도』, 국제연합 세계식량기구).

개발도상국을 중심으로 자꾸 늘어나는 인구, 한계에 맞닥뜨려져 가는 식량 증산 또는 지구 온난화에 따른 기상이변과 물 부족 같은 여러 원인이 겹쳐지고 있어, 가까운 앞날에 세계는 식량 위기를 겪을 것이라고 예측하는 전문가가 적지 않다.

그러나 적어도 현재만 말한다면, 아직 세계의 인구가 먹을 수 있을 만큼의 식량은 생산되고 있다. 1999년 세계의 곡물 생산량은 21억 톤에 이르렀다. 어른 한 사람의 곡물 소비량은 연간 150kg 정도라고 한다. 전세계 사람들에게 한 사람도 빠뜨리지 않고 충분히 필요한 양만큼의 곡물을 나누어준다 해도 9억 톤이면 나눠주고도 남는다.

그런데도 100명의 마을에서는 적어도 18명이 굶주리고 있다. 이것은 대체 어찌된 영문일까. 세계식량기구의 통계에 따르면, 세계 인구의 20%밖에 안 되는 선진국 사람들이 전체 곡물의 40%를 소비하고 있다. 게다가 그 중 꽤 많은 분량이 식량이 아니라 가축의 사료로 쓰이고 있다.

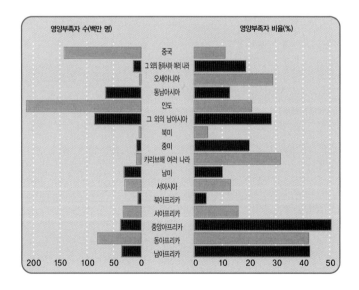

지역별 영양부족자 수와 그 비율(1996~1998년)
'세계의 식량 불안 현황 2000'(FAO)

이 사실을 알고 크게 실망했거나 또는 뭔가를 하고 싶어진 분에게……

예를 들면, 세계식량기구에 3만 원을 기부하면 난민 100명이 하루 살아가는 데 필요한 식량을 원조할 수 있다(www.wfp.or.jp: 덧붙여서 세계식량기구는 교육용으로 『헝그리 맵』을 발행하고 있다. 나라별로 굶주리는 정도에 따라 다른 색깔을 칠해 만든 세계 지도. 세계의 굶주림 사태에 관해 최신 정보를 알 수 있게 되어 있다).

10

wealth
재산

이 마을의 모든 부 가운데 6명이 59%를 가졌고
그들은 모두 미국 사람입니다
또 74명이 39%를 차지하고
겨우 2%만 20명이 나눠가졌습니다

세계에 확산되는 빈부 격차에 대해서는 몇 개의 국제기구라
든가 연구소가 다양한 통계자료에 바탕으로 지적하고 있다.
'주요 세계 개발 지표'(세계은행 2000, 2001년)에 따르면, 연
간 소득이 9266달러 이상의 고소득자는 세계에 8억 9천1백만
명, 756달러 이상 9266달러 미만의 중소득자는 26억 6천7백만
명, 그리고 연소득 755달러 이하의 저소득자는 24억 1천7백만
명이다.

1달러를 1300원으로 환산해 계산해 보자. 세계가 만일 100명
의 마을이라면, 연소득 1천2백만 원 이상의 고소득자는 15명,
98만 원 이상 1천2백만 원 미만의 중소득자가 45명, 98만 원 미

만의 저소득자가 40명이 된다.

또한 국제연합개발계획(UNDP)의 '인간 개발 보고서'(1994년)에 따르면, 인류 속에서 가장 부유한 20%가 전세계 소비의 84%를 독점하고 있고, 그 한편으로 가장 가난한 20%의 사람들이 1.4%를 소비하고 있다.

세계 인구의 20%가 열쇠다. 실제 숫자로 말하면 약 12억 명. 12억 명은 미국과 유럽, 일본 같은 선진국에 사는 인구의 합계다. 그리고 또 12억 명은 하루 1달러 이하로 생활하고 있는 '극도의 빈곤층'(세계은행)이기도 하다.

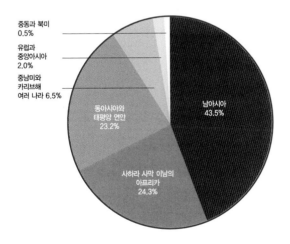

하루 1달러 이하로 생활하는 사람, 12억 명의 분포(1988년)
'세계개발보고'(세계은행 2000년)

중동과 북미 0.5%

유럽과 중앙아시아 2.0%

중남미와 카리브해 여러 나라 6.5%

동아시아와 태평양 연안 23.2%

남아시아 43.5%

사하라 사막 이남의 아프리카 24.3%

커지는 세계의 소득 격차
헤럴드 트리뷴(1997. 2. 5)

	20% 저소득자	60% 중소득자	20% 고소득자
1960	2.3	27.5	70.2
	↓	↓	↓
1970	2.3	23.6	73.9
	↓	↓	↓
1980	1.7	22.0	76.3
	↓	↓	↓
1989	1.4	15.9	82.7
	↓	↓	↓
1998	1.2	9.8	89.0

▪1960년을 기점으로 한다. 숫자는 소득 전체에서 차지하는 비율

　여기에 한 가지 기묘한 일이 있다. 최근 10년 동안 세계 인구가 8억 명이나 늘었는데도 이 12억 명이라는 숫자는 거의 변하지 않았다. 선진국의 인구가 1990년에 12억 1천1백13만 명이었는데 그 뒤로 거의 변하지 않았고, 하루 1달러 이하의 생활을 강요받고 있는 사람의 숫자도 1980년대 후반부터 줄곧 12억 명 전후의 숫자를 오가고 있다.

세계에서 가장 부자인 사람의 수와 가장 가난한 사람의 수가 마치 시소처럼 불가사의한 균형을 유지하고 있다. 이것은 단순히 우연일까?

어쨌든 미국 사람이 6명이라는 것은 아마 12년 전의 세계 인구를 그대로 100명으로 환산했기 때문일 것이다. 2002년 4월 현재, 미국통계국의 통계를 보면 미국인은 전세계 인구의 4.6%, 100명의 마을로 환산하면 약 5명이다.

11

energy
에너지

모든 에너지 중
20명이 80%를 사용하고 있고
80명이 20%를 나누어 쓰고 있습니다

　

일본 에너지경제연구소 계량분석부(EDMC)의 『EDMC 에너지 경제 통계 요람』을 보면, 1999년 전세계의 1차 에너지 소비량은 석유 환산으로 87억 9천만 톤에 이르렀다. 그 중 경제협력개발기구(OECD) 가맹국이 59.4%에 이르는 52억 2천9백만 톤을 썼다. 경제협력개발기구 비가맹국의 소비량은 35억 7천만 톤으로, 전체의 40.6%에 그쳤다.

경제협력개발기구 가맹국과 선진공업국은 거의 일치한다. 곧 가장 부자인 20%, 12억 명이다. 따라서 최신 정보에 따른 에너지 소비에 관한 이야기는 다음과 같다.

'모든 에너지 중 20명이 59%를 쓰고, 80명이 41%를 나누어 쓰고 있습니다.

적어도 에너지 소비량에 관해서는 남북의 차이가 줄어들고 있는 것처럼 보이는데, 이것도 그렇게 단순한 이야기는 아니다. 아무튼 그 까닭은 여러 선진국에서 에너지 절약화가 급속히 진행되고 있기 때문이다. 곧 부자 20명은 에너지를 더 효율성 있게 쓸 수 있도록 만들어져 있는 것이다.

이산화탄소(CO_2) 배출량을 비교해 보자. 같은 EDMC의 통계에 따르면, 1999년의 경제협력개발기구 가맹국의 이산화탄소 배출량은 탄소 환산으로 33억 9천5백만 톤으로 54%, 경제협력

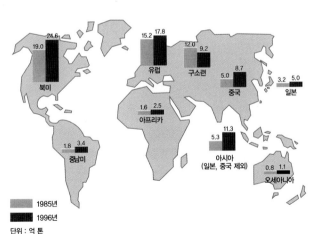

개발도상국에서 에너지 소비량이 늘어나고 있다
석유개발공사(1997년)

24.6
19.0
15.2 17.8
12.0 9.2
8.7
5.0
유럽
구소련
중국
3.2 5.0
일본
북미
1.6 2.5
아프리카
11.3
5.3
1.8 3.4
중남미
아시아
(일본, 중국 제외)
0.8 1.1
오세아니아

1985년
1996년
단위 : 억 톤

개발기구 비가맹국의 배출량은 28억 3천9백만 톤으로 46%에 이르렀다.

실제 중국을 비롯한 개발도상국에서는 화석 연료의 소비량이 최근 급격히 늘어나고 있다. 국제에너지기구(IEA)는 중국이 앞으로 20년 동안 이산화탄소의 배출량을 몇 배로 늘릴 것이라고 예측하고 있다. 개발도상국에서도 지구 온난화 대책을 하루빨리 준비해야 한다.

그러나 그것은 개발도상국 중에서도 넉넉한 나라들의 이야

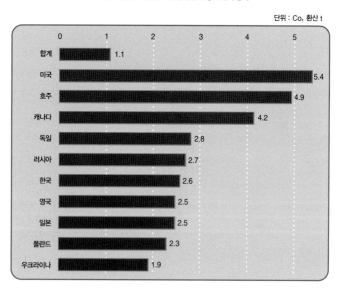

1인당 이산화탄소(CO_2) 배출량(1998년)
미국 오클리지 연구소 이산화탄소정보해석센터

단위 : CO_2 환산 t

국가	배출량
합계	1.1
미국	5.4
호주	4.9
캐나다	4.2
독일	2.8
러시아	2.7
한국	2.6
영국	2.5
일본	2.5
폴란드	2.3
우크라이나	1.9

기이다. 기후 변동에 관한 정부간 패널(IPCC)은 지구의 기온이 앞으로 100년 동안 5.8도 오른다고 추정하고 있다. 가장 낙관적인 계산으로도 세계의 해수면이 평균 50㎝는 오른다고 한다.

그 영향은 헤아릴 수 없다. 태풍이라든가 허리케인이 커져서 홍수가 늘어나고 해안이 깎여 논밭이 줄어든다. 그리고 물이 더욱 부족해져 곳곳에 심각한 식량 위기가 닥칠 것이며, 나아가서는 말라리아나 모기가 전염시키는 뎅그열 같은 열대병이 곳곳에서 늘어날 가능성도 지적되고 있다.

예측되는 피해는 일일이 늘어놓을 틈이 없는데, 온난화로 지구 전체의 환경 변화가 생겨 죽도록 피해를 입는 측은 세계의 가장 빈민층들일 것이다.

하루 1달러 이하의 생활을 강요받고 있는 12억 명, 100명의 마을에서 이 빈민층 20명이 먼저 온난화의 세례를 받게 된다. 그러나 그들은 화석 연료의 혜택을 거의 받지 않았다. 빈민층 20명이 배출하고 있는 온난화 가스는 전체에서 겨우 3%밖에 안 된다.

원자력을 어떻게 할 것인가?

이 동향에 대해서는 아시아의 개발도상국에서 원자력 개발을 열심히 하고 있다고 지적하는 사람들도 적지 않다. 아시아에서 가장 먼저 원자력 개발을 했던 일본을 모델로 한국, 대만이 뒤쫓아왔고, 지금은 그 뒤를 이어 중국이 서둘러 원자력을 개발하고 있다.

만약 순조롭게 개발이 되어 원자력 발전소의 시설이 미국 원자력위원회의 안전 기준을 통과한다고 해도, 2010년부터 20년 동안 가동되는 동안에 동아시아 지역에서 원자력 발전소의 중대 사고가 터질 확률이 56%나 된다고 말하는 전문가도 있다(『탈 원자력 사회의 선택』, 하세가와 고이치).

2000년 12월 말, 세계 전체에서 가동 중인 원자로는 430기. 일본은 미국과 프랑스에 이은 원자력 발전 대국으로 2002년 1월 말 현재 53기가 돌아가고 있다.

세계 전체에서는 지금 원자로를 25기 건설하고 있는데, 그중 21기는 중국을 비롯한 개발도상국에서, 나머지 4기만이 선진국에서 건설하고 있다.

미국과 유럽에서는 새로 건설하고 있는 원자로도 없고 건설 계획도 없다. 미국과 유럽은 벌써 지금 쓰고 있는 원자로를 언제 폐쇄하느냐의 문제를 고민하고 있다. 독일 정부는 1998년에 원자력 발전소를 하나하나 폐쇄해 나가기로 정했다. 32년 동안 가동한 뒤에 19기의 원자력 발전소를 폐쇄할 예정이다. 영국에서도 2010까지 14기가 운전을 멈출 예정에 있다.

그러면 선진국에서 건설 중인 4기는 도대체 어디에서 만들어지고 있는가? 물론 일본이다. 원자력 문제에 관해서는 여러 의견이 있다. 그런데 적어도 온난화 대책을 대의명분으로 한 제대로 된 논의가 아무것도 없는 채로 원자력 발전소를 건설하는 일에는 반대하고 싶다.

house & water
집과 물

75명은 먹을 양식을 비축해 놓았고
비와 이슬을 피할 집이 있지만
나머지 25명은 그렇지 못합니다
17명은 깨끗하고 안전한 물을 마실 수조차 없습니다

국제연합 인간거주센터(UNCHS)의 추정에 따르면, 도시 지역만 한정해서 말해도 11억 명이 집이라고 하기 어려운 환경 속에서 살고 있다(www.fukuoka.unchs.org).

국제연합 식량농업기구(FAO)는 개발도상국의 대부분을 저소득 식량 부족 국가로 분류했다. 국민들이 먹을 충분한 식량을 생산하지도 못하고, 그 부족분을 보충할 만큼의 식량을 수입할 자금도 없는 나라라는 뜻이다.

이런 나라에서는 약 8억 3천만 명이 늘 영양실조 상태에 있고, 20억 명이 안전하게 식량을 얻을 수 없는 상태라고 한다(어떤 원인으로든 식량이 부족해지면, 사람들에게 식량을 공급하고 굶주림에 빠지는 것을 막을 수 있는 사회의 장치가 없거나 또는 그것이 매우 약하다는 것).

2001년 3월, 국제연합 난민 고등변무관 사무소(UNHCR)는 원조해야 할 난민의 수로 2천1백10만 명을 꼽았다(www. unhcr.or.jp).

세계은행은 1998년 1년 동안만도 2천5백만 명이 환경이 나빠져 할 수 없이 이동했다고 추정하고 있다. 그 해에 사상 처음으로 환경 때문에 난민이 된 수가 전쟁으로 생긴 난민의 수를 넘겼다.

또한 최근에는 개발도상국이 대규모 댐을 건설하는 바람에 수천만 명이 살던 곳에서 쫓겨나 자국 안에서 난민으로 되어 버리기도 했다.

그리고 12억 명이 할 수 없이 하루 1달러 이하의 돈으로 살고 있다. 따라서 100명의 마을 사람 75명은 먹을 양식을 비축해 놓았고, 비와 이슬을 피할 집이 있다는 추정은 조금 낙관적일지도 모른다.

당장 내일의 배고픔을 참고 견디기 위해 한 주먹의 곡물을 움켜쥐고서 처마 밑에서 새우잠을 자는 생활을 이어가는 사람조차도, '먹을 양식을 비축해 놓았고, 비와 이슬을 피할 집이 있다'고 친다면 모르지만.

국가별 안전한 물의 이용률

'세계인구 백서 2001'(국제연합 인구기금)

지역·국가	안전한 물 이용률(%)
아프리카 지역	
이집트	95
남아프리카	86
탄자니아	54
에디오피아	24
콩고민주공화국	51
나이지리아	57
서아프리카공화국	28
아시아 지역	
싱가포르	100
요르단	96
중국	75
인도	88
베트남	56
캄보디아	30
아프카니스탄	13
유럽 지역	
루마니아	58
스웨덴	100
영국	100
스페인	100
중남미·카리브해 지역	
쿠바	95
아이티(서인도제도에 있는 공화국)	46
멕시코	86
아르헨티나	79
브라질	87
우루과이	98
북미 지역	
미국	100
오세아니아 지역	
호주	100
파푸아뉴기니	42

쓸 수 있는 물, 깨끗한 물

1930년대부터 70년 동안에 세계 인구는 3배로 늘어났고, 물 사용량은 6배로 늘어났다. 최근 세계 인구는 해마다 평균 7천7백만 명이 늘고 있는데, 이와 함께 해마다 라인강의 전 수량에 맞먹는 양만큼 물 수요량이 늘고 있다 한다.

인류는 2001년 현재, 이용할 수 있는 물의 약 54%를 쓰고 있다. 한 사람마다 쓰고 있는 물의 양이 달라지지 않는다면 물 사용량이 2025년에는 70%가 될 것이라 한다.

또한 앞으로 개발도상국 사람들이 선진국 사람들과 같은 양의 물을 쓰게 되면, 2025년에는 인류가 이용할 수 있는 물 양의 90%까지 써버릴 수도 있다고 한다(『세계인구 백서 2001』, 국제연합 인구기금).

국제연합은 한 사람이 이용할 수 있는 물의 양이 연간 합계 $1700m^3$에 못 미치는 나라를 '물 문제가 심각한 국가', $1000m^3$에 못 미치는 나라를 '물 부족 국가'라고 분류하고 있다.

'물 문제가 심각한 국가'에서는 잠깐씩 물을 쓸 수 없는 사태가 종종 생겨, 그럴 때 한정된 물을 생활용수와 농업용수, 공업용수 중 어느 쪽으로 먼저 돌릴까 하는 물 배분 문제가 사회 문제가 되었다.

'물 부족 국가'에서는 식량을 충분히 생산하는 데 필요한 물도 모자라 경제 개발이 늦어지고, 그것이 환경 문제로까지 번지는 일도 드물지 않다(『세계인구 백서 2001』).

2000년에는 31개 국가가 위의 둘 중 어느 쪽인가에 들어갔다. 31개국의 총인구는 5억 8천만 명. 2025년까지는 이것이 48개국으로 늘어 30억 명이 그 국가 안에서 살게 될 것이다.

세계 인구도 늘고 개발도상국의 경제도 발전하고 있어서 앞으로 물의 수요는 더욱 늘어날 것이 틀림없는데, 이용할 수 있는 담수의 3분의 2는 벌써 농업용수로 쓰이고 있다. 물을 둘러싼 다툼은 앞으로 더욱 심해질 것이다.

여하튼 전세계에서 200여 개의 강이 국경을 넘어 흐르고 있고, 세계의 주요한 강과 호수 13개는 100개국이 공유하고 있다. 물 부족이 심각해질수록 나라와 민족 사이의 물싸움이 드러나 국제 분쟁으로 나아갈 위험성이 높다.

그런데 독자들은 여기까지 몇 번이고 나오는 '물'이라는 단어에서 어떤 물을 떠올렸을까? 투명하고 깨끗한 물을 상상하고 계실까? 그러나 세계의 물은 꼭 그렇지도 않다. 아니, 오히려 '이용할 수 있는 물이라 해도 물의 수질은 전혀 적절한 상태가 아니다'(『세계인구 백서 2001』).

세계보건기구(WHO)의 보고에 따르면, 수량은 그만두고라도 깨끗한 물을 이용할 수 없는 인구가 적어도 11억 명이라고 한다. 그렇다고 나머지 52억 명에게는 우리가 상상하는 '깨끗한' 물이 고루 미치고 있으리라 결론짓는 것은 경솔한 생각이다.

수질은 물이 많아야 비로소 보증된다. 물이 모자라면 수질도 함께 나빠지는 것이다. 게다가 '개발도상국에서는 하수의 90~95%와 공업배수의 70%를 정화 처리도 안 한 채 흘려 보내 이것이 이용할 수 있는 물까지 오염시키고 있다'(『세계 인구 백서 2001』).

13

money & car
저축과 자동차

은행에 예금이 있고 지갑에 돈이 들어 있고
집안 어딘가에 잔돈이 굴러다니는 사람은
마을에서 가장 부유한 8명 안에 드는 한 사람입니다
자가용을 가진 사람은 100명 중 7명 안에 드는 부자입니다

『주요국 자동차 통계 2000』에 따르면, 1999년 세계의 승용차 보유 대수는 5억 3천2백57만 대다. 여러 대를 가진 사람을 고려하지 않고 단순 계산을 하면 세계 인구의 8.9%가 승용차를 가지고 있다는 이야기가 된다.

세계 최대의 자동차 보유국은 물론 미국이고, 전세계 승용차의 4분의 1을 미국인이 가지고 있다. 2위는 일본이고 전세계의 승용차의 10분의 1을 가지고 있다. 곧 '마을의 자동차 중에서 3분의 1을 마을 사람 6명이 독점하고 있습니다. 그 6명은 미국인과 일본인입니다'는 이야기가 된다.

여러 선진국에서는 승용차를 거의 2명에 1대 꼴로 고루 가지

고 있지만, 중국에서는 171명에 1대 꼴밖에 갖지 않았다. 만약 그 171명이 날마다 1명씩 교대로 차를 쓴다면 차를 탈 수 있는 날은 1년에 2번뿐이라는 이야기가 된다.

그렇긴 하지만 최근 20년 사이에 가장 승용차가 많이 보급된 나라는 중국이다. 여하튼 1980년 중국의 승용차 보급률은 1만 7천1백16명에 1대의 비율이었다. 전원이 돌아가면서 쓴다고 하면 중국 사람은 47년에 한 번밖에 탈 수 없었던 셈이다.

또한 중국은 올해 세계무역기구(WTO)에 가입해서 관세가 내렸고 수입차의 가격이 아주 많이 내렸다. 이것에 대항하려고 중국의 자동차 회사들도 가격을 내려 2002년 초 판매 대수는 전년 대비로 26%나 늘었다고 한다.

2002년 4월에는 혼다와 합작한 회사가 오디세이라는 자동차를 중국에서 생산을 시작했다. 도요타도 중국과 합작한 공장에서 10월부터 비츠의 차대를 쓴 중국용 새 모델을 생산한다. 또 닛산과 중국의 자동차 회사와 합병해서 생산하는 것에 대해 교섭하고 있다. 상하이 자동차(폭스바겐과 합작 판매회사)가 파는 폴로라든가 난징 피아트의 파리오도 잘 팔리고 있다.

일본의 1960년대를 생각하게 하는 속도로 중국에 승용차가 보급되기 시작했다. 이 세력은 앞으로도 줄어들 기미가 없다.

'은행에 예금이 있고 지갑에 돈이 들어 있고 집안 어딘가에

주요 국가의 자동차(승용차) 보유 대수(1999년)

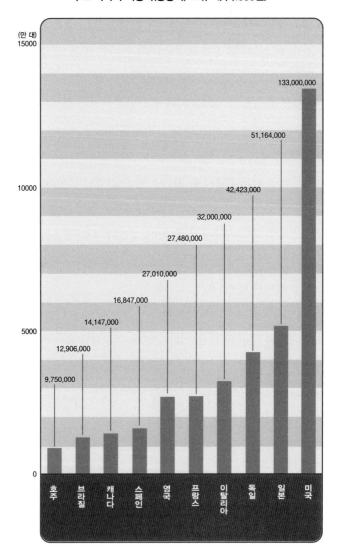

(만 대)

15000

133,000,000

51,164,000

10000

42,423,000

32,000,000

27,480,000

27,010,000

16,847,000

14,147,000

5000

12,906,000

9,750,000

0

호주　브라질　캐나다　스페인　영국　프랑스　이탈리아　독일　일본　미국

잔돈이 굴러다니는 사람은 마을에서 가장 부유한 8명 안에 드는 한 사람입니다'는 문장에 대해서는 근거가 될 만한 구체적인 자료가 아직 없다.

한 가지 말할 수 있는 것은, 은행에 예금하는 일은 그다지 많은 대중이 하는 일이 아니다. 저축률이 높은 일본에서는 총자산의 70%를 은행에 예금해 놓고 있지만, 미국에서는 50% 정도가 예금하고 있다 한다.

14

교육과 컴퓨터

1명은 대학교육을 받았고
2명은 컴퓨터를 가지고 있습니다
그러나 14명은 글도 읽지 못합니다

유네스코의 통계에 따르면, 1995년 세계 전체 대학(엄밀하게 말하면 고등교육기관. 일본의 경우 대학이라든가 전문학교 포함)의 재학생 수는 8천2백만 명에 이르렀다. 1960년에는 1천 3백만 명이었으므로 35년 사이에 6.3배로 늘어난 셈이다(1998년의 유네스코 고등교육 세계 선언 서문에서. 이 사이트 주소에 영어판이 게재되어 있다 (www.unesco.org/education/educprog/wche/declartion_eng.htm).

덧붙여서, 거의 같은 시기(1995년 전후) 각 나라 대학생 수는 미국이 1천4백26만 2천 명, 일본은 391만 8천 명, 중국이 607만 5천 명, 콩고민주공화국에서는 9만 3천 명이었다(『세계의

통계 2001』, 일본 총무성 통계국 편). 미국에서는 국민의 약 5%
가, 일본에서는 3%가 대학생이라는 이야기이지만 중국에서는
0.4%, 콩고민주공화국에서는 불과 0.01%에 지나지 않는다. 20
세기 후반 50년 동안 대학교육을 받은 수는 눈부시게 늘었지만
그것은 주로 선진국을 중심으로 한 이야기였다.

컴퓨터에 대해서도 비슷한 일이 일어나고 있다. 개인용 컴
퓨터가 보급되기 시작한 것은 1974년이었다. 컴퓨터가 기업용

경제 격차와 글을 아는 비율
세계국세도회(1998~1999년)

		1인당 국민총생산 (1996)	출생시의 평균수명 (1996)	유아사망률 (천 명당) (1996)	의사1명당 인구 (1990)	글을 아는 비율 (1995)	TV보급률 (천 명당) (1995)
저소득국	에디오피아	100달러	49년	109명	32500명	36%	4대
	인도	380	63	65	2460	52	51
하위 중소득국	필리핀	1050 (1995)	66	37	8120	95	49
상위 중소득국	브라질	4400	67	36	1080	85	220
	포르투갈	10160	75	7	490	90	326
주요 공업국	미국	28020	77	7	420	96	805
	일본	40940	80	4	610	100	684

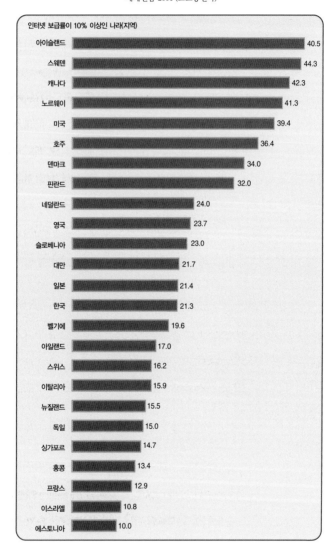

각국의 인터넷 보급률

'세계연감 2001'(교도통신사)

인터넷 보급률이 10% 이상인 나라(지역)

나라(지역)	보급률
아이슬랜드	40.5
스웨덴	44.3
캐나다	42.3
노르웨이	41.3
미국	39.4
호주	36.4
덴마크	34.0
핀란드	32.0
네덜란드	24.0
영국	23.7
슬로베니아	23.0
대만	21.7
일본	21.4
한국	21.3
벨기에	19.6
아일랜드	17.0
스위스	16.2
이탈리아	15.9
뉴질랜드	15.5
독일	15.0
싱가포르	14.7
홍콩	13.4
프랑스	12.9
이스라엘	10.8
에스토니아	10.0

인 특수한 기계로서 가격도 수억 원에서부터 수십억 원이 보통
이었던 시대에 미국의 컴퓨터 회사가 420달러(당시의 환율로
120만 원)짜리 개인용 컴퓨터를 팔았다.

그것은 완성품이 아니라 조립품이었고 개인용이라고 해도
전문가용으로서, 도구라기보다는 특수한 장난감에 가까운 것
이었는데 그 뒤로 30년 사이에 상황이 크게 변했다. 2002년 현
재 개인용 컴퓨터는 현대 생활에서 빼놓을 수 없는 가전제품의
하나가 되어 있다.

그런데 100명의 마을에서 몇 명이 이 옛날의 '미래의 상징'
을 갖고 있는가 하는 문제인데, 개인용 컴퓨터의 증가율이 너
무나도 높다는 사실과 개인용 컴퓨터 사용자 중 한 사람이 몇
대를 가지고 있는 일도 드물지 않기 때문에 이 질문에 정확하
게 답하기는 어렵다.

1998년 시점에서 국제전기통신연합(ITU)의 추정에 따르면
1000명당 개인용 컴퓨터의 대수가 세계에서 70.6대에 달했다.
단순 계산을 하면, 벌써 100명의 마을에서 7명이 가지고 있는
셈이다. 그런데도 그 뒤로 연간 1억 대를 넘는 개인용 컴퓨터
가 세계 시장에 나오고 있다.

2000년에 시장에 나온 컴퓨터의 대수는 1억 3천3백64만 대였
다(IDC Japan.3, 2000년). 그 대부분이 선진국용이다. 1억 3

천3백64만 대 중 거의 반이 북미와 일본 시장에 나왔다. 그리고 전세계 컴퓨터의 약 80%가 선진국에서 쓰이고 있다는 추정도 있다.

인터넷 보급률을 보면, 세계의 인터넷 이용자는 2000년 2월 시점에서 약 2억 7천5백만 명(『통신에 관한 현황 보고』, 일본 우정성)이었는데, 역시 80% 이상은 선진국 사람들이 차지하고 있다.

그리고 전세계에서 3억 명 가까운 사람들이 인터넷이라는 가상공간에 연결해 방대한 정보(1999년에는 웹의 총 페이지 수가 15억 장이었다)를 순식간에 찾을 수 있게 되었다. 그러나 그 한편으로는 아직도 초등교육도 받을 수 없는 아이가 1억 3천만 명이나 있다(www.unes co.or.jp)는 사실이다.

또한 세계에는 문맹이 8억 5천5백만 명이나 있다(유니세프, 1999년). 세계 인구의 6분의 1, 100명의 마을 사람 중 14명은 글을 읽을 수 없는 것이다(그 중 3분의 2는 여성이다).

freedom

사상과 신앙의 자유

15

만일 당신이
어떤 괴롭힘이나 체포와 고문, 죽음을 두려워하지 않고
자신의 신념과 양심에 따라
움직이고 말할 수 있다면
그렇지 못한 48명보다 축복받았습니다

세계가 동서 두 진영으로 나누어져 대립하고 있던 시대, 서쪽에 속하고 있던 우리는 베를린 장벽 저쪽에는 기본 인권도 언론의 자유도 인정되지 않는 사회가 펼쳐져 있다고 믿고 있었다.

어느 날 갑자기 영원히 서 있으리라 생각했던 그 장벽이 무너졌다. 그날, 1989년 11월 9일 텔레비전으로 보고 있던 수십억 사람들은 베를린 장벽이 서쪽과 동쪽에서 개미떼처럼 모여든 사람들에게 어이없을 만큼 간단히 무너져내리는 광경을 보며, 자유라는 바람이 그곳을 감싸고 지나는 것을 느꼈다.

세계의 반을 지배하고 있었던 힘, 사람이 자신의 양심에 따라 자신의 생각을 표명할 자유를 억압하고 있던 힘이 이 세상에서 사라지고 있다고 믿었다.

그로부터 13년, 그것은 정말로 사라졌다고 할 수 있을까?

국제사면위원회(앰네스티)의 연차 보고에 따르면, 2000년 1년 동안에 '세계의 72개국에서 정부가 멋대로 체포하거나 구속하는 일 또는 기소나 재판도 없는 구속을 하는 일이 벌어졌다. 62개국에서 양심수(사상이라든가 신조 때문에 죄수가 된 사람) 또는 그럴 가능성이 있는 사람들이 구속되었다. 61개국에서 법규를 어긴 처형이 있었다. 42개국에서 반정부 무장 세력이 의도를 가지고 민간인을 살해하거나 고문하고, 인질로 잡는 일 따위가 벌어졌다. 125개국에서 고문과 학대가 함부로 저질러졌다. 그 중 30개국은 정부 당국이 고문과 학대를 저질렀다'.

이 앰네스티의 보고에 따르면, '어떤 괴롭힘이나 체포와 고문, 죽음을 두려워하지 않고 자신의 신념과 양심에 따라 움직이고 말할 수 있는' 마을 사람이 52명이라는 것은 너무 많게 본 것이다.

여하튼 인권 침해가 일어나고 있다고 앞에서 언급된 나라 중에는 미국과 스위스를 비롯해 유럽 여러 나라, 그리고 일본도 포함되어 있다.

예를 들면 일본은 난민을 수용하고 대하는 것에 관해 국제법과 인도상에 문제가 있다고 종종 지적되고 있다. 탈레반에게 박해를 당했다며 일본에 난민 인정을 신청한 아프가니스탄 사람 9명을 입국 관리국에서 부당하게 대우를 하고 장기간에 걸쳐 수용한 2001년 2월의 사건에 대해서는 일본 변호사연합도 항의 성명을 냈고, 앰네스티도 이에 대해 항의를 했다.

16

war & disputes
전쟁과 분쟁

만일 당신이
공습이나 폭격, 지뢰로 인한 살육과
무장단체의 강간이나 납치를
두려워하지 않는다면
그렇지 않은 20명보다 축복받았습니다

세계에서는 대체 어느 정도나 전쟁이 일어나고 있는 것일까?

예컨대 에이케이유에프(AKUF)에 따르면, 2000년 1년 동안 전쟁이 35번, 지역 분쟁이 10번 일어났다고 한다. 그 중 13건이 아프리카, 11건이 아시아, 9건이 중동, 그리고 2건이 중남미에서 있었다(AKUF는 함부르크 대학의 전쟁연구 그룹. 인터넷에서 전쟁이나 국제 분쟁에 관한 자세한 자료를 독일어로 공개하고 있다(www.sozialwiss.uni-hamburg.de/lpw/Akuf/home.html).

전쟁이 일어나는 나라와 지역은 달라지기도 하지만 연간 발생 건수는 1970년대부터 지금까지 크게 변하지 않았다. 냉전시대에도 냉전이 끝난 뒤에도 해마다 30을 전후한 나라와 지역에서 전쟁이 일어난다. 오래된 전쟁도 있고 금방 끝난 분쟁도 있다. 앙고라처럼 20년 넘게 내전이 이어진 지역에서는 국토가 황폐해지고 경제가 무너졌을 뿐만 아니라 국민의 평균 수명과 문맹률까지 심각한 영향을 받고 있다. 남성의 평균 수명은 44.5세, 글을 아는 비율은 58%밖에 안 된다. 그리고 약 30%의 아이들이 5세가 되기 전에 죽어간다('세계 어린이 백서 2001', 유니세프).

짧은 시간 안에 전쟁이 끝나도 곧바로 평화가 돌아오는 것은 아니다. 전쟁 뒤에 어마어마한 수의 지뢰가 남아 있는 일이 많기 때문이다. 오타와 조약(대인지뢰 사용, 저장, 생산, 이동 금지와 폐기에 관한 국제조약)의 효력이 시작된 1999년 3월 뒤로도 71개국에서 지뢰와 불발탄으로 피해를 입는 사람이 나왔다. 그 중 39개국은 '평화로운' 나라이다.

희생되는 것은 어른만이 아니다. 유니세프에 따르면, 1990년대의 무력 분쟁으로 2백만 명 넘는 어린이가 죽었고, 1백만 명 넘는 어린이가 가족들과 헤어져야 했고, 6백만 명 넘는 어린이가 심하게 다쳤다. 그리고 1천5백만 명이 넘는 어린이가 난민이나 국내 피난민이 되어, 터무니없을 정도로 숱한 어린이들이 마음에 깊은 상처를 입었다.

그리고 지금도 철거되지 않은 지뢰 때문에 해마다 8천 명에

무력 분쟁이 많은 나라(1998년)

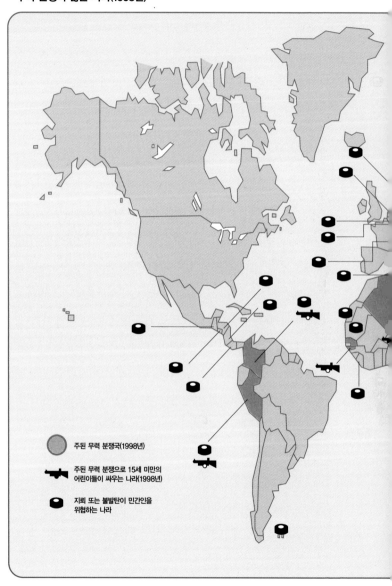

주된 무력 분쟁국(1998년)

주된 무력 분쟁으로 15세 미만의
어린이들이 싸우는 나라(1998년)

지뢰 또는 불발탄이 민간인을
위협하는 나라

아래 지도는 '세계 어린이 백서 2000'(유니세프)을 참고로 해 간략화한 것이다.
실제의 국토, 국경과는 조금 다를 수 있다.

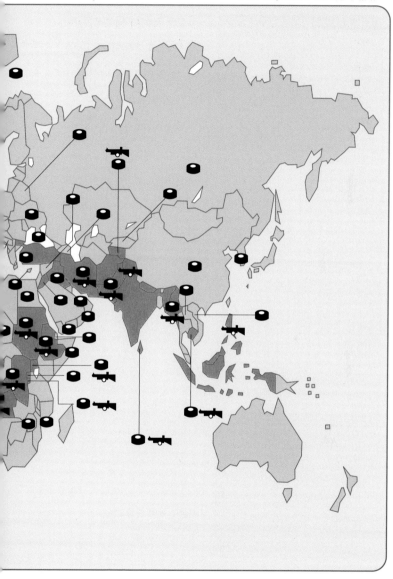

년	전쟁(건)	전쟁과 무력분쟁(건)
1950	12	
1955	14	
1960	10	
1965	27	
1970	30	
1971	30	
1972	29	
1973	29	
1974	29	
1975	34	
1976	33	
1977	35	
1978	36	
1979	37	
1980	36	
1981	37	
1982	39	
1983	39	
1984	40	
1985	40	
1986	42	
1987	43	
1988	44	
1989	42	
1990	48	
1991	50	
1992	51	
1993	45	62
1994	41	58
1995	36	51
1996	31	49
1997	29	47
1998	32	49
1999	34	48
2000	31	49

**전쟁과 무력 분쟁 건수
(1950~2000년)**
'세계인구 백서 2001'(국제연합 인구기금)

서 1만 명이나 되는 어린이가 죽거나 손발을 잃고 있다. 또 30만 명의 어린이가 병사로서 징용된다.

세계의 어린이 중 25%, 약 5억 4천만 명이 전쟁이나 지뢰로 죽거나, 자연재해를 입는 것을 무서워하면서 불안정하고 위태로운 형편에서 살고 있는 것이다(www.unicef.or.jp/kenri/kenri_13.htm).

birth & death
삶과 죽음

1년 동안
마을에서는 1명이 죽습니다
그러나 2명의 아기가 새로이 태어나므로
마을 사람은 내년에
101명으로 늘어납니다

국제연합 인구부의 추정에 따르면, 2000~2005년 사이 세계의 출생률은 1000명당 20.7명으로 되어 있다. 100명의 마을로 환산하면 '1년에 갓난아기가 2명 태어나는' 것이 되는데, 이것을 현실의 숫자로 되돌리면 약 1억 3천만 명이 된다.

겨우 1년 사이에 일본의 전체 국민에 맞먹는 수의 인구가 늘고 있는 셈이다. 평균으로 보면 날마다 갓난아기가 약 35만 명씩 태어나고 있는 것이다.

이에 대해 사망률은 1000명당 8.7명. 100명의 마을로 환산하면 약 1명이 되지만 현실에서는 약 5천4백만 명. 곧 날마다 약 15만 명이 죽어간다.

태어나는 사람 수에서 죽는 사람의 수를 뺀 20만 명이 날마다 지구의 인구에 더해지는 숫자가 된다. 1년 동안 지구의 인구는 약 7천3백만 명 늘어나고 있다. 7천3백만 명을 100명의 마을로 환산하면 약 1명이 된다. 따라서 100명의 마을은 내년에는 101명의 마을이 되는 셈이다.

그렇지만 그 '1명'은 1억 3천만 명의 탄생과 5천4백만 명의 죽음을 뜻하고 있다는 것을 여기서 다시 한번 생각해 두자. 태어난 갓난아기는 물론 모두 같은 나이지만, 죽어가는 사람의 나이는 다양하다.

선진국에서는 노인의 비율이 높지만 개발도상국에서는 죽는 사람이 종종 갓난아이거나 아기이기도 하고 또는 임산부이기도 한다.

선진국에서는 아기나 임산부가 죽는 일은 별로 많지 않다. 예를 들면 1995년 뒤로 일본의 유아 사망률은 1000명당 3명, 임산부 사망률은 10만 명당 12명이다.

그런데 개발도상국에서는 이 숫자가 일본의 10배에서 수십 배, 또는 100배가 넘는 나라도 드물지 않다. 예를 들면 시에라리온의 유아 사망률은 1000명당 146명, 르완다에서는 임산부 사망률이 10만 명 중 2300명에 이른다(『세계인구 전망』, 국제연합 인구부, 2001년).

사실 일본도 100년 전에는 꽤 심각한 수준이었다. 1899년 일본의 유아 사망률은 1000명당 153.8명, 임산부 사망률은 10만 명당 409.8명이라는 높은 숫자를 나타내고 있었다. 그것을 일본은 100년 동안 세계의 최고 수준으로 끌어내렸다.

　문제는 개발도상국에서는 사망률뿐만 아니라 출생률도 높다는 데 있다. 많이 낳고 지나치게 많이 죽는 것은, 옛날에는 자연의 섭리였을지 모르지만 세계의 경제가 긴밀해지고 있는 현대 사회에서 그것은 위험한 악순환에 빠지기 쉬운 현황이기도 하다.

　높은 출생률은 가난을 더욱 부채질한다. 그 가난 때문에 여성은 험한 환경에서 애를 낳을 수밖에 없다. 그래서 아기나 임산부의 사망률이 높아진다.

　아기의 사망률이 높으면 부모는 확실하게 자손을 남기기 위해 많은 아이를 낳으려 하게 되고 따라서 출생률이 높아진다. 그 높은 출생률이 새로 또 가난의 원인이 된다.

　100년 전 일본은 경제를 발전시키는 일로 이 악순환을 끊고, 의료에 충실을 기해 사망률을 낮추며 출생률도 내릴 수 있었다.

　그렇지만 빈곤 때문에 허덕이는 현대의 개발도상국은 아예 경제가 파탄되어 버린 경우가 많다. 이것은 두 가지 뜻에서 남의 일이 아니다.

　첫째, 파탄의 원인을 만든 것은 우리인지도 모른다. 예를 들

면 콩고민주공화국에서 분쟁이 길어지는 원인 중 하나에 탄타
늄이라는 귀중한 금속의 채굴을 둘러싼 다툼이 있다. 이 금속
은 우리 생활에 빠뜨릴 수 없는 휴대전화며 노트북 컴퓨터를
만드는 데 반드시 필요한 금속이다.

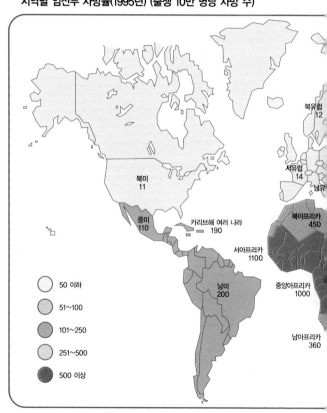

지역별 임산부 사망률(1995년) (출생 10만 명당 사망 수)

둘째, 세계의 나라들이 복잡한 이해관계로 얽혀 있는 21세기의 인구 문제는 한 나라의 노력으로 해결한다는 건 매우 어렵다. 세계의 나라들이 협력하지 않으면 인구 문제는 해결되지 않는다. 그리고 인구 문제를 해결하지 못하면 인류의 앞날은 없다.

'세계인구 백서 2001'(국제연합 인구기금)

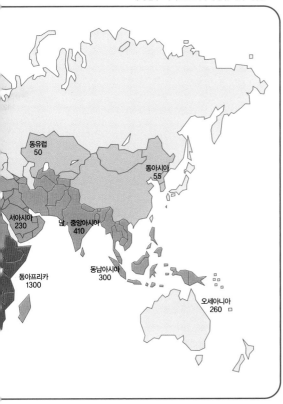

education for girls

여성과 교육

여성의 지위가 오르면
인구 증가가 줄어든다

인구 문제는 현대 사회가 안고 있는 수많은 어려운 문제들의 근본에 놓여 있다.

남북 격차의 확대, 식량 문제, 물 문제, 지구 온난화 문제, 걸핏하면 터지는 지역 분쟁……. 이것들은 인구 문제를 해결하지 않는 한 뿌리까지 해결했다고 말할 수 없다.

그러므로 국제연합의 여러 기관들, 세계 각 나라의 비정부 단체, 그리고 물론 각 나라의 정부가 다양한 방향에서 이 문제에 매달려 있다. 중국의 '한 명만 낳기' 정책과 같은 세제 조치도 포함해 국가가 나서서 봉사활동으로 피임도구 퍼뜨리기에 이르기까지 이 문제 해결을 위한 연구는 무수히 이루어지고 있는데, 최근 들어 가장 효과가 있다고 보고 중요하게 생각하는 것이 여성 교육을 알차게 하는 것이다.

많은 개발도상국에서는 여자아이의 취학률이 남자아이와 비교할 때 낮다. 예를 들면 아프가니스탄은 여자의 초등학교 취학률이 겨우 남자의 9%에 지나지 않는다. 그 한편으로 인구가 일본의 6분의 1밖에 안 되는 데도 연간 출산 수는 별 차이가 없다. 간단하게 말하면, 여자아이들의 취학률을 남학생 비율에 가깝게만 해도 출생률은 낮아진다.

『지구 백서 2002~2003』(크리스토퍼 후레이빈 편저)에 이런 기록이 있다.

'이집트에서는 초등교육 이상의 학교에 다녔던 여성 중 10대에 출산한 사람은 겨우 5%였지만, 학교에 다닌 적이 없는 여성의 반 이상이 10대에 어머니가 된다. 아프리카나 남아시아 여러 나라, 중남미의 일부처럼 출생률이 높은 나라에서는, 중등학교에 다닌 경험이 있는 여성은 학교에 다닌 적이 없는 여성과 비교할 때 아이의 수가 평균 2명에서 4명이 적다.'

학교 교육 중에 정확한 생리 지식이라든가 피임법을 배운다는 것도 포함되어 있지만, 그 이상으로 중요한 것은 교육으로 여성의 건강과 경제 상태가 나아지고 또한 여성의 의지와 가족 안에서 결정권이 높아진다는 점이다. 스스로 자신의 아이 수를 정할 수 있는 여성 수가 늘어나면 그것만으로도 세계의 인구 증가율은 낮아진다.

일본을 비롯한 미국과 유럽 선진국의 예를 보면 분명해지지만 교육 수준이 올라가고 여성의 사회 진출이 늘어나면 여성들은 아이를 더 적게 낳으려 한다는 경향도 무시할 수 없다.

문제는 어떻게 하면 여성의 취학률을 올릴 수 있는가에 있다. 개발도상국의 여성 취학률이 대체로 낮은 것은 뿌리깊은 여성 경시 사상 때문이다. 개발도상국뿐만 아니라 남자는 학교에 다니게 하지만, 여자는 집에서 일을 시키는 풍경은 가까운 과거의 일본에서도 드문 이야기가 아니었다. 민족이라든가 문화에 따라서도 차이는 있지만 이 경향은 아주 널리 퍼져 있는 것이기도 하다.

이 문제에 관해서는 효과가 있는 방법을 찾아내었다. 국제연합 세계식량계획(WFP)이 추진하는 학교 급식이다. 세계식량계획은 과거 40년 동안 세계의 가난한 나라 아이들에게 급식을 해왔다. 극도의 빈곤 때문에 교육을 시킬 수 없는 부모들도 학교 급식이 있으면 아이를 학교에 보내려고 하기 때문에 취학률이 아주 높아진다. 학교 급식은 아이의 영양 상태를 나아지게 하면서 취학률을 올려 그 나라 사람들 중 글을 아는 비율을 높이고 더 나아가서 경제 상태를 개선하는 효과가 있다.

세계식량계획은 학교 급식에 덧붙여 여자의 취학률이 낮은 지역에서 등교한 여자아이에게는 급식뿐만 아니라 집에 가지고 갈 수 있는 식량도 주도록 했다. 그 효과는 매우 높았고 모로코 같은 곳에서는 겨우 2년 사이에 초등학교에 입학하는 여자아이의 수가 2배로 늘어난 나라도 적지 않다(www.wfp.or.jp).

인구 문제를 뿌리부터 해결할 길은 결국 지구의 모든 지역에서, 부부 한 쌍에게 아이를 2명 이하만 낳도록 하는 수밖에 없다. 그 열쇠를 쥐고 있는 것이 여성의 교육과 여성의 지위를 높이는 것이다.

에이즈의 사나운 위세는 아프리카를 무너뜨리고 있어

20세기 말이 되어 우리가 안고 있는 인구 문제에 조금도 예상하지 못했던 새로운 일이 터졌다. 에이즈이다. 감염이 확산되는 아프리카에서는 이미 경제라든가 사회 구조에까지 영향을 주기 시작했다.

감염자가 많은 사하라 사막 이남의 지역에서는 에이즈에 감염되어 있는 성인이 전체 성인의 20~30%나 되는 나라가 드물지 않다. 이대로 버려두면 그런 나라들에서는 앞으로 10년 안에 성인 인구가 10~20% 낮아질 것이다.

'아프리카 전역에서 맹렬히 퍼지고 있는 에이즈는 이제 하루에 약 6030명의 생명을 빼앗아간다. 이 숫자는 자리가 만석인 점보제트기가 날마다 15대쯤 추락해 생존자가 한 명도 없는 상황과 같다. 해마다 높아지고 있는 이 수치는 앞으고 10년 동안 더욱더 늘어날 것이라 예상되고 있다'(『에코 이코노미』, 레스터 브라운).

이처럼 눈앞이 깜깜해질 만큼 사람이 줄어들면 농업에서 공업에 이르는 모든 분야에서 엄청난 노동 인구를 빼앗겨, 아프리카 여러 나라들의 경제는 무너질 위기에 빠진다. 경제는 물론이고 국가 자체가 존망의 갈림길에 있다.

현재 거의 유일하게 효과 있는 구제는 '역전사(逆轉寫) 효소 저해제'라는 약을 사용한 치료법이다. 에이즈를 완전히 치료할 수 있는 것은 아니지만, 바이러스에 감염된 사람이 발병하는 것을 억제하는 가장 효과가 좋은 치료로서 세계에서 큰 효과를 올리고 있다.

감염자 수가 성인의 36%를 넘긴 보츠와나와 잠비아공화국 정부는 이 치료약을 모든 감염자에게 준다는 방침을 세웠다. 그러나 이 약은 매우 비싼데다가 감염자 수가 워낙 많아서 정부 측에서도 돈을 다 대기가 어려운 형편인 것 같다.

일본 정부는 에이즈나 말라리아에 감염되어 피해가 큰 개발도상국에게 5년 동안 총 30억 달러를 보낸다는 대책을 오키나와 서미트에서 세웠다. 그러나 그 정도의 원조로는 이 끔찍한 시나리오의 진행을 막을 수 없다고 한다.

그러므로 이것은 감염 당사자가 된 아프리카의 여러 국가들뿐만 아니라 세계 전체의 문제다. 눈앞에 다가온, 이제까지 인류가 겪어보지 못한 인구학적 수준의 위기는 인류가 난관을 헤쳐나가는 지혜가 어느 정도인지 보여줄 것이다.

아프리카에서 에이즈 환자가 증가하고 있다
'세계인구 백서 2001'(국제연합 인구기금)

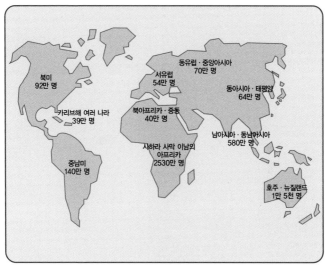

북미
92만 명

카리브해 여러 나라
39만 명

중남미
140만 명

서유럽
54만 명

북아프리카 · 중동
40만 명

사하라 사막 이남의
아프리카
2530만 명

동유럽 · 중앙아시아
70만 명

동아시아 · 태평양
64만 명

남아시아 · 동남아시아
580만 명

호주 · 뉴질랜드
1만 5천 명

• HIV 감염자와 에이즈 환자의 수(성인과 어린이) (2000년 12월)

'마을의 현황 보고' 영어 원문

도넬라 메도스

If the world were a village of 1000 people:

584 would be Asians

123 would be Africans

95 would be East and West Europeans

84 Latin Americans

55 Soviets (still including for the moment Lithuanians, Latvians, Estonians, etc.)

52 North Americans

6 Australians and New Zealanders

The people of the village would have considerable difficulty communicating:

165 people would speak Mandarin

86 would speak English

83 Hindi/Urdu

64 Spanish

58 Russian

37 Arabic

That list accounts for the mother-tongues of only half the villagers. The other half speak (in descending order of frequency) Bengali, Portuguese, Indonesian, Japanese, German, French, and 200 other languages.

In the village there would be:

300 Christians (183 Catholics, 84 Protestants, 33 Orthodox)

175 Moslems

128 Hindus

55 Buddhists

47 Animists

210 all other religions (including atheists)

One-third (330) of the people in the village would be
children.

Half the children would be immunized against the
preventable infectious diseases such as measles and polio.

Sixty of the thousand villagers would be over the age of 65.

Just under half of the married women would have access to
and be using modern contraceptives. Each year 28 babies
would be born.

Each year 10 people would die, three of them for lack of
food, one from cancer.

Two of the deaths would be to babies born within the year.

One person in the village would be infected with the HIV
virus; that person would most likely not yet have developed
a full-blown case of AIDS.

With the 28 births and 10 deaths, the population of the
village in the next year would be 1018.

In this thousand-person community, 200 people would
receive three-fourths of the income;

another 200 would receive only 2% of the income.

Only 70 people would own an automobile (some of them
more than one automobile).

About one-third would not have access to clean, safe

drinking water. Of the 670 adults in the village half would be illiterate.

The village would have 6 acres of land per person, 6000 acres in all of which:
700 acres is cropland 1400 acres pasture 1900 acres woodland 2000 acres desert, tundra, pavement, and other wasteland.
The woodland would be declining rapidly; the wasteland increasing; the other land categories would be roughly stable.

The village would allocate 83 percent of its fertilizer to 40 percent of its cropland that owned by the richest and best-fed 270 people.
Excess fertilizer running off this land would cause pollution in lakes and wells.
The remaining 60 percent of the land, with its 17 percent of the fertilizer, would produce 28 percent of the food grain and feed 73 percent of the people.
The average grain yield on that land would be one-third the yields gotten by the richer villagers.

If the world were a village of 1000 persons, there would be five soldiers, seven teachers, one doctor.
Of the village's total annual expenditures of just over $3 million per year, $181,000 would go for weapons and

warfare, $159,000 for education, $132,000 for health care.

The village would have buried beneath it enough explosive power in nuclear weapons to blow itself to smithereens many times over.
These weapons would be under the control of just 100 of the people.
The other 900 people would be watching them with deep anxiety, wondering whether the 100 can learn to get along together, and if they do, whether they might set off the weapons anyway through inattention or technical bungling, and if they ever decide to dismantle the weapons, where in the village they will dispose of the dangerous radioactive materials of which the weapons are made.

(Donella Meadows was an adjunct professor at Dartmouth College and director of the Sustainability Institute 'www.sustainer.org' in Hartland, Vermont. She died in 2001.) Copyright Sustainability Institute.